ブーゲンビリア　p7

はじめてのハワイ　p13

ワイキキ　p19

満月みたいに　p29

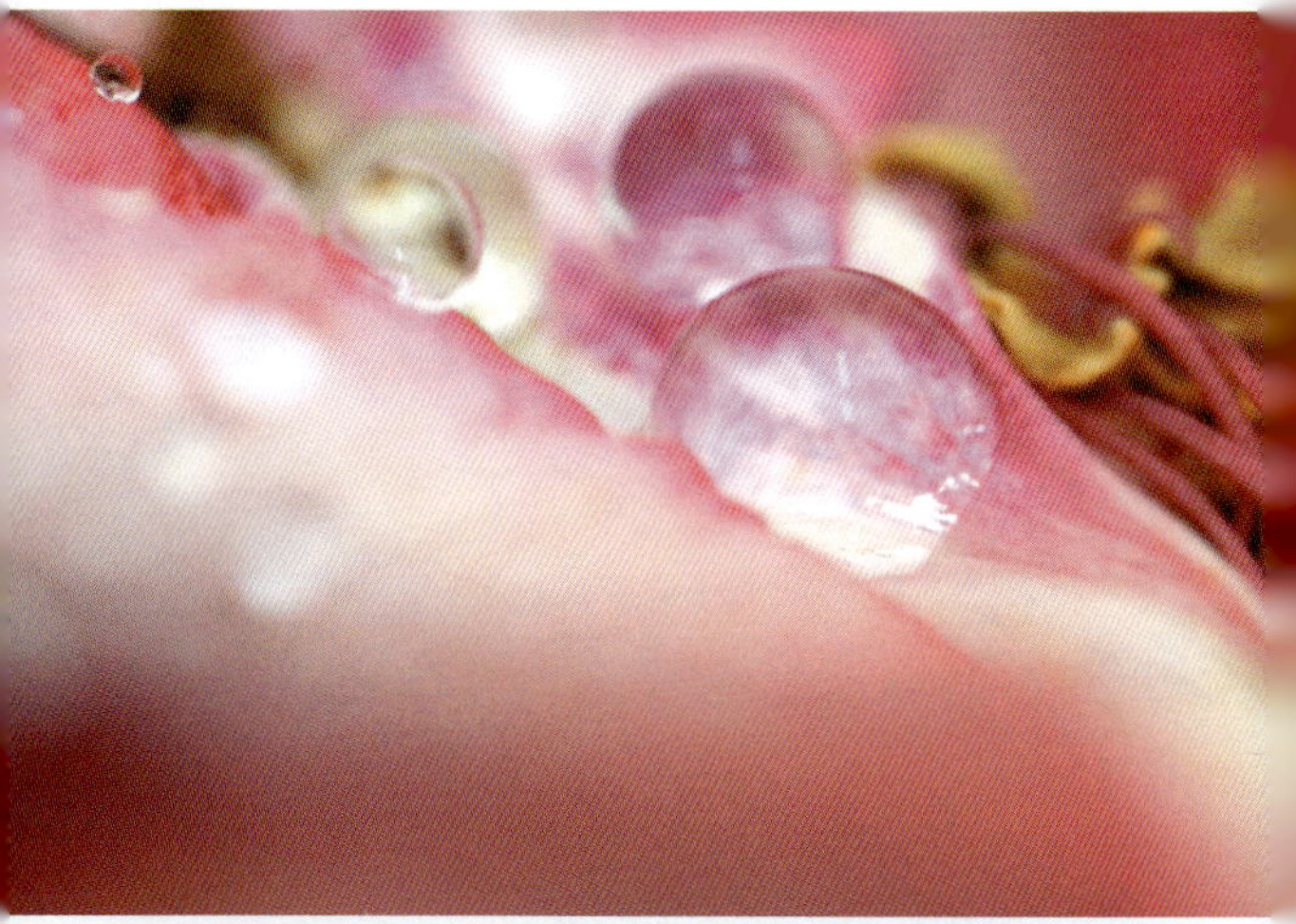

この目で　p34

怒っていても　p24

サウスポイント　p40

いじわるタオル　p45

ゆめみるハワイ

よしもとばなな

幻冬舎文庫

ゆめみるハワイ

contents

ブーゲンビリア

恋をしてハワイ島に友だちが住みはじめたとき、長く続くといいけれど、むつかしいのかもしれないな、となんとなく思っていた。

あまりにも激しい恋は、しょっちゅう会うようになるとたいてい切なく終わってしまう。彼女が旅人だったからこそ、きっとはじまった恋。それに彼と彼女はコナとヒロに離れて住むことになったから、通うのもけっこうたいへんそうだし、と。

そしてほどなくして、やっぱりその恋は終わってしまった。

彼には昔からの恋人がいて、その女性とは仕事でのからみもあって、どうしても完全には別れられなかった。それでも未練たっぷりに会いに来る彼に、友だちはつれなくして、ちゃんと終わりにした。

つれなくしているのに、いっしょにいてももう面白くなさそうなのに、友だちはちょっとつらそうで、近くにいたらぎゅっと抱きしめてあげたかったけれど、遠く離れていたのでメールを読んで「よしよし、しかたないよね」と優しい気持ちになるしかできなかった。

そのあとで彼女が彼との生活を撮った写真を見たら、胸がしめつけられた。もう、終わるってわかっているから、一瞬一瞬が濃縮されていて、苦しくて、切なくて、彼の部屋のもののひとつひとつが、彼の家のかわいい犬が彼女を見上げるまなざしが、まるでもうすぐさよならで切ないよと言ってるみたいだ。時間がチクタクと時を刻み、彼らの恋を蝕《むしば》んでいくようすが、全部写っていた。

恋が生ものであるかぎり、必ず冷めていくときがやってくる。

冷めてからなにかが残る恋もあるけれど、悲しいことにそのふたりにはそうなってからの接点はほとんどなかった。もともと違いすぎるからひきつけあったのだろう。

そんなことみんな知ってるけど、見ないよ！見ないようにするよ！だってこんなに切ないんだもの、今しかいっしょにいられないから、全部見ておきたいんだもの、と写真は語っていた。

そのあと、彼女はヒロでたくさんの友だちを作り、みんなに好かれて、町を歩いているだけでだれかに会ってにこにこあいさつするような暮らしを作りあげた。

よかったなあ、と私は思った。

あのとき、ハワイ島に移ったらヒロに住むと言った彼女に、私は「どうして？」と何回も言った。

「彼のためにハワイに行くのに、どうしてコナに住まないの？」と。

彼女は、やっぱり恋愛だけではなくて勉強もしたいし、そのための学校はヒロにしかないから、いいのだ、と固い決心を語った。

まじめでばかだなあ、なんて私はそのとき思ったけれど、私が間違っていた。

そうだ、ヒロが彼女を呼んでいたのだ。

ヒロの柔らかい雨、雨にうたれて輝く緑の木々、ゆっくりと時間が流れるあのさびれた優しい街並みが、彼女を求めていたのだ。


あるときハワイ島に遊びに行って、たまたま彼女とふたりで、彼女の車に乗って、コナへ向かうことになった。

そのとき私はワイメアにステイしていたので、その涼しくちょっとじめっとしている山の気候から、コナの明るい世界へ行けるのがちょっと嬉しかった。

コナに近づくと、どんどん空気が南の海辺の感じになってくる。

光も急に強くなり、地面はからりと乾き、花や緑の色が光にさらされてくっきりとして、空の色も青く濃くなる。

海に向かって下っていく長い坂道の両脇にはブーゲンビリアが鮮やかな色でいっぱいに命の輝きを放っていた。

「彼といた頃さ、この道を毎日いっしょに車で下って、海に向かったのよ。それはもうすばらしい気持ちだったよ。その前ちょっとつらいことがあってからいきなり彼といっしょにいるようになったから、なんだか夢みたいで、もう幸せいっぱいで、この道があまりにもきれいだから、天国にいるみたいだったのよ」

彼女は言った。

こんなに光と花にあふれた美しい道を、恋をしている気持ちで海へ向かって下っていくなんて、そんなこと経験したら私だったらもう一歩も歩けなくなっちゃうかも。

そんなふうに思ったけれど、今横にいて運転している彼女の笑顔がすてきだったので、やっぱり彼女が一歩をふみだしてくれてよかったなあと思った。

闇の中でいつまでも思い出と過ごしていたら?彼ともうひとりの彼女との間

でずっと苦しみ続けていたら？

この美しい道はただ苦しく悲しい道だっただろう。別れてよかったのだ。

それでもいちばんきれいだった思い出は決して消えないのだ。

はじめてのハワイ

「ハワイに行ってみたい、しかもハワイ島のあの有名な、船や電車が走っているホテルに泊まりたい」

六年前、姉と母がそんなことを言いだしたので、かなりきびしいスケジュールだったけれど、がんばってハワイ島に行った。

それから何回も訪れ、フラを習い、二冊もハワイについての小説を書いた私にとっての生まれてはじめてのハワイは、家族と夫と元彼氏と幼なじみのスタッフとの珍道中であった。

母はたいへん神経質な人で、旅行に行くと必ず、痛いかゆい寒い暑いまずいぜんそくがおきて苦しいなどなど、さまざまな文句を言いだすので、いっしょに旅をするのはかなりのエネルギーが必要なのだ。

　このあいだもいっしょに群馬に行ったとき、現地で世話になったおばさんが「事務所の人だけど、男の人だから先にお茶を出しましょうね」と、うちのスタッフにお茶を出したら、母がきっぱりと「私そういうの大嫌い」と言ったので、冷や汗をかいた。

　そんなたいへんな母だけれど、家族以外の人が「もうほんとうにあの人はたいへん」とか「ちょっとはっきり言いすぎだ」とか言いだすと、「全くその通りですよ」とはどうしても私には言えない。

　冗談めかして調子を合わせればいいんだけれど、それができない。胸のところで小さく光るものがあり、母の無邪気な笑顔を思い出すとそこがきゅっと苦しくなる。

　それで「いろいろ問題はあるけど、私にとってはたったひとりの母だし、裏表がないところを尊敬しているので、私の前でそんなことを言わないで」と大まじめに言うことになる。場はしらけるし、いつも母のことをぶつぶつ言っている私なので、全然説得力がない。でも、言わずにいられない。

そう言えるようになるまでに、ずいぶん時間がかかったけれど、言えるようになってほんとうによかったと思う。


ハワイ島についたのに姉と母は、夜になると部屋にボトルを持ち込んで氷を取ってきて、深夜までだらだらとお酒を飲んでおしゃべりしていた。

そんなだったら、別に東京にいても同じじゃない？

と言いたかったけれど、やっぱりそんなことはなかったのだ。

窓の外には海があり、波音が聞こえていた。イルカたちのいるプールがすぐそばにありイルカのおしゃべりも聞こえてきたし、いつでも生あたたかい幸せな風が吹いていた。

フラを六年も続けた今となっては、あの風を体で表現することができる。

フラは手話みたいなものだから、頭の上でくるりと丸を描いてもう一方の手を伸ばすのが、「風」つまり「カマカニ」のハンドモーションだ。曲によって、その中に出てくる風のありかたによって微妙に表し方が変わるのだけれど、あの日々の夜風はほんとうに柔らかい、天国のような風だった。

この風こそがハワイなんだと私は体いっぱいに感じていた。

体が浮いているような、ちょうどよい温度の水にいつでもふんわりと包まれているような感じ。

いくらここで思い出してみても、実際に行かなければ決して味わうことのできないあの、目を閉じても風がいつも自分を包んでいる感じ。

あんなすてきなものを持っている地球を、誇らしく思う。

案の定、母はキラウェアではぜんそくをおこし、乗り継ぎのオアフでは空港内を歩く長い道のりに文句を言い、洋食がまずいと日本食レストランばかりに行き、まわりも本人もへとへとになって帰国した。

でも、行ってよかったと思う。

八十を過ぎて大腿骨《だいたいこつ》を骨折してあまり歩けなくなってしまった母は、もう多分海外に行くことはないだろう。

はっきりと書いてしまうとあまりにも切ないので、気持ちの中ではぼかしている。

元気になったらまた行けるかも、行っちゃおう、そうだそうだ、きっとまだいろんなことは先延ばしにぼんやりして、命も先にだらだら延びていくようにのんびり考えようと。

それに人生どうなるかわからない、ほんとうに行けるかもしれないし。

でも、やっぱりあのとき行ってよかった。

私の元彼氏や夫と腕を組んで歩く幸せそうな母の笑顔。

滞在していた部屋の真下にある、海水でできた川の中にいた、すごく長細く変な顔の魚をみんなで毎日探してじっと観察したこと。

あまりにもまずいサイミンという麺を食べて、「これはお母さんでなくても食べられない」とみんなで母の少食を茶化していっしょに笑えたこと。

私のへたくそなフルートと、元彼氏のすばらしいギターで小さい演奏会をやったこと。明るい部屋の中に音楽が流れ、窓の外の緑のほうへ流れていって、母がちょっと涙を流して感動していたこと。

そんな小さい思い出が、たくさんきらきらとしている。

ああ、ほんとうに行ってよかった。

ワイキキ

ワイキキなんて嫌いだ、と思っていた。

ホテルに着くまでに、なにかひとつでも売りつけるものはないか、といろいろなことをすすめにくる日本人のツアコンの人たち。もちろん彼らにも生活があるから、嫌いはしない。でもやっぱりうんざりした。

ホテルのロビーで横柄な態度をとり、タバコを吸いまくる男性たち。

ショッピング街で死んだようにソファに座って、妻の買い物が終わるまでの果てしない時間を待っているお父さんや子どもたち。

高層階なのになんの思いやりもなく、危険で低い手すりの狭いラナイ（バルコニー）。

風俗や実弾射撃の勧誘。

どうして夜になってもこんなに人がいるんだろう、どうして海がすぐそこにあるのに、ショーウィンドウでは毛皮を売ってるんだろう。

経済がうまくいってないこととどういう関係があるのかわからないが、最近またオアフに行って、なにかちょっとだけ、人々がゆるく平和になっているような気がした。

実弾射撃も風俗も買い物に燃える人々もなんの変わりもないのだけれど、なぜかちょっとだけみんながワイキキを楽しんでいる度合いが高くなったような気がした。

ホテルを避け、安さだけで選ぶツアーもやめて、ワイキキのコンドミニアムに泊まり、自炊をしたり朝ご飯を部屋で食べたり、買い物にはまらないようにアラモアナを避けたりしていた、こちらの精神状態も関係しているのかもしれない。

前にアラモアナで制限時間をもうけて、買い物ハンティング！に出かけたときの私は、あと十五分しかない！とあわててエスカレーターを昇ったり降りたりしていた。服の山の中で、おみやげや子どものためのTシャツを血走ったような目で選んでいた私はとても孤独で無知だったと思う。

今回は基本的にゆったりと動いた。旅の仲間みんなで同じ店に入り、これが似合うよとかそれはだめじゃない？とか、あれこれしゃべりながら買い物をして、自分はもうそこに用事がないと思ったら、そこでお茶して待ってるね、という具合に。ひとつのチョコレートドリンクをみんなで分けて飲みながら歩いたり、チーズバーガーのおいしいお店を探して調べものをしたり。

アメリカの外食の量と悪い油にやられないために、たくさんの野菜や果物を買い、部屋でパスタをゆでた。

時間ができたらちょっと遠出をして、カイルアのビーチで一日波と遊んで、田舎町ののんびりした空気に触れてから、ワイキキに戻ってきた。

そんなふうに過ごしていたせいか、逆に文明の幸せに大感動してしまった。

真夜中近くでも階下に降りれば、冷えたビールをＡＢＣストアで買えるなんて！

コンドミニアムの玄関でビーチタオルをさっと借りて、五分でビーチに行って、帰りに濡れた重いタオルを玄関に戻せるなんて！

あのときは、楽しみかたがわからなかったみたい。


そしてだからこそ、ワイキキはみんなの夢なんだということがわかった。

夕方になると、全員の顔がちょっとだけ甘くなる。

海に夕陽がうつり、人々の感じもふっとゆる〜くなる。

日焼けして潮風にさらされた体が、ゆっくりと冷えていく時間。

ここはやっぱり天国で、だからこそきっと悪さえもここをほしくなるんだ…

そう思った。


ハワイの海のことならなんでも知っているかなちゃんと、三十三階のラナイの手すりにもたれて、朝のんびりと波を見た。

「表面だけが動いている、昔の人はよくわかってたと思う。波に皮という字が入ってるなんて」

かなちゃんは言った。たしかに高いところから見るとしわが寄るように波はよれてよれて岸へと向かっている。サーフィンのポイントも高いところからだとさすがによくわかる。

「あそこは女王様がサーフィンをしたから、クィーンズというポイント。安定した波が来るし長く崩れないから、安全性が高いの。このへんのサーファーのおじいさんたちは毎朝六時にボードを持って海に入って、あまり波に乗らず、まったりとおしゃべりしてから一日をはじめたりしてるよ」

豆粒くらいに見えるサーファーたちはゆっくりとぬるい海につかって、波を待っていた。なんていういいところだろう、と透明な青のくりかえしを見ながらまた思った。

怒っていても

もしも自分が一人っ子のまだ六歳の子どもで、学校をちゃっかりと休んで、両親といっしょにハワイに行って、窓の下には海しか見えないすてきなワイキキのコンドミニアムに、いつもいっしょに旅行をする両親の友だちたちと一週間も泊まれるとしたら？

しかもフラのホイケ（発表会）があって、まだママのお腹にいる頃からずっと会っていたママのフラ仲間にも次々に会ったりごはんを食べたりできるとしたら？

それはもう、どうにかなってしまうくらいに嬉しいことだろう。

はしゃぎすぎてなにをどうしていいかわからないくらいに楽しいだろうし、

たとえ疲れていてもとにかく起きていなくちゃとがんばりたくなるだろう。

そのときのうちのチビはまさにその感じだった。

自分でもはしゃぎすぎているのはわかっているけど、止められない感じ。

しかも、たまたま泊まっていくことになっていっしょに寝てくれたかなちゃんと前の日さんざん海遊びをして疲れていて、かなちゃんが帰ってしまって淋《さび》しくなって、そのあとビーチに行ってまたちょっとハイになって、そんなときのことだった。

チビは調子に乗って、ちほちゃんの携帯電話に塩と水を振りかけ、陽子ちゃんのハードコンタクトレンズをケースから出していたずらしてばりっと割ってしまい、パパとママとちほと陽子にものすごく怒られた。泣くまで、Nintendo DSを取り上げられるまで。

その朝、ちほちゃんは「今夜はデートだから、ABCストアのパックではだめだ、どうしても高級なパックをゲットする」と言って、DFSまで長い道のりを歩いて行って、オリジンズのはりつけるパックシートを数枚手に入れてきた。

わかるわかる、その気合いが女子には大事だよ、と送り出した私たちにまで彼女はパックをくれた。

チビがそのいたずらをしたとき、海帰りでシャワーを浴びたばかりだったので、女子は全員タオルを巻いただけで、顔はパック中だった。

うちの夫は、ここは怒らなくちゃと思いながらも、その光景に何回も笑い出しそうになったとあとで言っていた。

みんな真剣に怒っていて、でも顔は真っ白で、裸にタオル一枚で、

「みんなチビのことは大好きなんだよ、でも、悪いことは悪いことだから、あやまらなきゃだめ！」

と真顔で腕を組んで仁王立ちで言っているのだ。

私はその直前に、道ばたでビニールシートを広げて、ボロボロのぬいぐるみ

をたくさん並べている、少しおかしくなってしまったおばあさんを見たばかりだった。

華やかなワイキキには光だけではなく、いろいろな闇もある。

おばあさんは、ぬいぐるみをひとつひとつ抱き上げてほおずりし、そのあとで地面に投げつけて、また抱き上げてあやまっていた。

おばあさんは、どうしてそんなことになってしまったのだろう。どんな子ども時代を送ったのだろう、と私はとても悲しく思った。きっとこれに似た子ども時代だったんだ、となんとなく感じてしまった。

チビはパックの女子たちに囲まれて怒られて、おいおい泣いてあやまっていたけれど、

「あやまってちゃんと反省したならもういいよ、いっしょにごはんを食べに行こう」とみんなに許してもらって、手をつないでエレベーターを降り、夜の街にくり出して、いっしょにチョコレートドリンクを飲んだり、アップルストアに行ってゲームをしたりしていたら、すぐににこにこした顔になった。

チビは幸せだと思った。ほんとうに怒ってくれる人がいる。自分の感情で床にたたきつけて、そのあとであやまってほおずりしたりする愛し方ではなくて、チビのこれからを見つめてくれる人たちがいる。

　これからもチビはずっと、大人になっても、パック中の女を見たらちょっとこわくなって、悲しくなって、でもそのあとパパと同じくらいおかしくなって、幸せに笑うだろう。

　子どもが未来からのおくりものであることを知ってくれている人たちと歩いたカラカウア通りは、きらきらと輝いていてお祭りみたいに見えた。

満月みたいに

フラを長くやっているけれど、ちっともうまくならない。腰が悪いからだけではなくって、リズム感はないし、さぼりがちだし、ほんとうにダメダメ生徒なのだ。

でも、少しずつ、少しずつ、かたつむりのように一歩一歩進んでいる。

そのことだけを、クムフラ（ハーラウ＝教室の、いちばん上にいる大先生、単に踊りが踊れるだけではなれない。ハワイの文化に精通し、精神的にも人々を導ける成熟した人格でないとなれない、スピリチュアルな先生でもある称号）であるサンディー先生や私の直属の先生である、踊りの天才プナヘレ先生もわかってくれているから、なんとかいることができる。せめてハーラウのお守りになれるといいな、と思って、そういうあり方を心がけてもいる。

そんな私にクムがつけてくれたハワイアンネームは「カハナアロハ＝愛の魔法」。クムはひとりひとりの性格や人生のあり方を見て、ハワイアンネームをつける。その名前は必ずその人の本質を表している。

日本人がすっかり失ってしまった自然と魂の深いところでのつながりを、私たちのクムはなによりも大事にしている。だからどんなに心がつらく揺れているときも、スタジオに行ってひと踊りすれば、みんなのキラキラした笑顔を見れば、気持ちは平常に戻っていく。

フラを学んで見てきたたくさんのエピソードをこの本で書いていこうと思うけれど、今回は私の大切な先生のひとり、マヘアラニ（満月）さんについて。

電車の中で風邪をひいた人がとなりで咳《せき》をして、つい「いやだな」と思ってしまうとき、いつでもマヘアラニさんが浮かんでくる。生徒さんのひとりが咳こんで「ごめんなさい」と言ったとき、彼女はふわ～っと微笑《ほほえ》んで「うつしてうつして、風邪って大好き。あの熱が出てぼうっとなる感じがたまらないの！」と言った。人生を楽しもうと本気で思っていないと、そんなことは言えない。ああ、自分は楽しんでないな、本気じゃないな、と思って、心を正す。今を気持ちよく過ごそう、私の心と体のために、せまくなる方向へは行くまい、あの人みたいに生きよう、そう思うと心が柔らかく広がるのがわかる。

マヘアラニさんは、まず見た目がものすごい。峰不二子と石ノ森章太郎のセクシーなヒロインを足して二で割ったような、バービーみたいな顔とスタイルなのである。

他の人と違うということがどんなことか、残念ながらスタイルと顔に関してではないが、私はいやというほど知っている。それがどんなにすてきなことかだけではない、どんなにつらく厳しいことかも。

マヘアラニさんは、フラをはじめてから信じられない速さでうまくなっていった。そしてもちろんハーラウ内でのポジションもどんどんあがっていった。異例の出世というのはこういうことだろうという速さだったので、よくない憶測もたくさんあっただろうと思う。でも、私は最初からよく見ていたから知っている。その見た目、運動神経、ありかたで、もしも全然踊りがうまくならなかったら、それはただなまけたということで、自分に負けてしまう、自分がこの自分のままであるためにはやるしかない、そう決めて、マヘアラニさんはものすごく練習をしたのだ。

彼女はその美しさゆえに恐ろしい目にもたくさんあっている。そのことをトラウマだとかなんだとか言っていたら、生きられないよ！そういう命がけの決心が、彼女をいつでも内側から華やかに強く美しく見せているのだと思う。

ウニキ（卒業試験）、とても厳しく長くつらかったその日を終えて発表を待つあいだ、ほんとうはいちばん不安だっただろうとき、ハワイのホイケ（発表会）の舞台のそでで、自分の生徒さんたちのリハをあたたかい目で食い入るように見ているマヘアラニさんに声をかけた。彼女はぱっと子どもみたいな笑顔になって「ばななさ～ん！来てくれたんだ！」とハグしてくれた。時差ぼけも忙しさも全部ふっとぶ温かいハグを。

なんて誤解されやすい人なんだ、と思った。いつでも人の百倍くらいやっているのに、なにをしてもなんてことなくクリアして遊んでるみたいに見えちゃうんだ。

でも神様は見てる、お月様も虹もみんな見てる、それからこうやって静かにちゃんと見てる人がたくさんいる。だからいつまでも輝いていて、と心の中でそっとお祈りした。

この目で

うちの六歳のチビを見ていると、最近の子どもって、なんでも本やTVで先に知ってしまっていることが多いと思う。生活から遠いはずの生き物を見たことがあっても、ほんとうは身近にいた生き物に実際に触ったことはなかったりする。アンバランスな感じだ。

牛や馬や山羊《やぎ》は牧場に遊びに行くから見ているし、烏《からす》や鳩《はと》も近所にいるから絵に描ける。イルカも天草やハワイで見た。フロリダで野生のワニを見たことはあるし、アルマジロとかペンギンなんかも実際に見ている。洞窟探検に行ったから、コウモリだって見ているはず。

でも鶏のオスとメスの違いとなるとどうもいまひとつわかっていないみたい

だし、意外にモグラを見たことがなかったり、カマドウマを知らなかったりする。

そういえば、私も最近、ガマガエルはかろうじて夜の道で見るけれど、アマガエルもその小さなおたまじゃくしもあまり見かけないな、と思う。葉っぱの上できらめくあの緑色にはっとすることもほとんどない。考えてみたらカタツムリも見ない。前は雨上がりに生け垣にいっぱい赤ちゃんカタツムリがいて、その殻がまだ柔らかいことまで知っていたのに。

ハワイアンの音楽や神話によく「フムフムヌクヌクアプアア」という魚の名前が出てくる。なんという長い名前だろうと思うけれど、「豚みたいに鳴く」というような意味。カワハギの一種で、はっきりとした黄色いラインが入っている魚だ。

私は歌の中で、いつでもこの魚に会っていた。まるで金魚や鯉《こい》を思うみたいに、この魚のことを知っている気持ちでいた。でも、思い浮かべるその魚はいつも本のページの中の姿だった。これではチビと変わらない。まあ日本にも似た種類のカワハギ系の魚はいるけれど、なんと言ってもフムフムヌクヌクアプアアはハワイの州魚なのだ。

ワイメアにステイしたとき近所のビーチに泳ぎに行った。ハワイ島でもそのあたりは少し寒いのだけれど、飛行機から降りてきたばかりの私は水につかりたくて、念入りに体操をしてから冷たい海に入った。

この本で写真を撮ってくれているハワイ在住のちほちゃんが、人魚みたいに鮮やかに泳いでいく後を、ばたばたとかっこ悪く泳ぎながらついていった。少し前でちほちゃんがふつうに「あ、フムフムヌクヌク！」と言った。「そんなに簡単に？」と思いながらゴーグルをつけてちょっとのぞいたら、そこには頭の中で何回も出会ったあの魚が、ちょっと怒ったような顔ですいすいと泳いでいた。じっと見ていたら、しばらくのあいだ目が合った。

人間以外の、ふだん別のところに住んでいる生き物と目が合うときってほんとうに不思議な感じがする。お互いに生きている、生きているね、と思っているのがわかるんだけれど、もう一つ別の宇宙みたいな窓をのぞいているみたいな感じ。

私たちはここで出会い、もう一生出会うことは多分ないだろう。

でももしかしたら来月ここで泳いだら、同じ君がまだここに住んでいることだってあるんだよね。

それは、人間同士も全く同じなのに、もっともっとはかなく美しいことに思えてしまう。

これまでいろいろな通りすがりの生き物と目を合わせてきたなあ、と私は思った。車にひかれて死にゆく猫や、窓辺にやってきたオナガや、田舎の家の玄関にやってきたタヌキや、いっしょに泳いだ海亀や、威嚇《いかく》してくるカマキリや……いろんな瞳をしばしのぞいて、そして別れてきたなあ。みんな地球の上で同じように生きてるんだ。

水から上がると、すっかり冷えた体をタオルでくるんで、シートに座った。友だちたちとうちのチビがきゃあきゃあ言いながら追いかけっこしていた。友だちの彼氏はもっと沖に泳ぎにいっていた。ちほちゃんはまだまだ海を探検しているし、夫はとなりで幸せそうに寝転んでいて、向こうの岬にはこんもりとした緑が茂り、薄雲がかかった青空がふんわりと私たちの上を覆い、海はどこまでもなだらかに続いていた。そんな幸せな午後の景色を見ながら、「フムフムヌクヌクアプアアに会っちゃった」と思っていた。もうさっきまでと違う体験を持ってる、これからあの踊りを踊るときがあったら、頭の中の映像がこれまでの図鑑っぽいものとは違うんだ！嬉《うれ》しいことではあったが、そこには異国の踊りを習っていることに伴う小さな哀しみもあった。

日本の魚じゃないから、自然に口をついて出てくる比喩の中にその魚はいないのに、なんて空《むな》しいことをやってる？

そう思うこともできる。でも、ハワイに恋をしている私にとって、ハワイに焦がれることは夢であり人生の深みなのだ。

そして、小さい頃接していた今はもうなかなか会えない生き物たちのことも、私の住んでいる日本の自然のことも、ハワイと同じくらいに大事に思っていこうと思った。

サウスポイント

ハワイ島の南のはじにあるサウスポイントに初めて行こうという話になったときは、どんなところかまるでわからなかった。

いろいろなプランの中で、わざわざ南周りの道を帰っていけば、サウスポイントに寄れるよ、という話であった。

思ったよりも時間がかかるというので、別にむりをして行かなくてもいいよ、と言ったのだけれど、案内をしてくれたちほちゃんが「あそこをぜひ見てほしい」と言った。それに私はなんと昔『N・P』（ノースポイント）という小説を書いたことがある。ここまで来たなら『サウスポイント』も書くべきかもな、とにかく、行ってみようと思った。

そして運転してくれていたもうひとりの案内人ジンさんに連れられて、その変わった風景の中に入っていったのだ。

大きな国道からサウスポイントに向かう小道に入ると、どうしてだか、急に音がなくなる感じがする。

それは二回目に行ったときにも感じたので、確かだと思う。

風が強くても、光が照っていても、みんながおしゃべりしていても、なぜかあたりが急にしんとなって、うたた寝していた私ははっと目を覚ました。

遠くに風車がずらりと並んでいる。

牛や馬が西日に照らされて絵画のように整然と並んで、静かに草を食《は》んでいる。

それ以外はなにもない世界の向こうに、急に崖が現れるのだ。

それはつまり「果て」の景色の特徴、あの静けさは果てである景色全てが持つ共通した感覚なのだと思う。

ここからはあとがない、人もいられない場所なのだということを本能がせつせつと訴えてくるのだと思う。

ついてしまえばなんていうことがない、ただ崖があって、浜もあって、観光客がざわざわしているだけの場所だ。

島の南のはじだねえ、ただそれだけのことなのだ。

でも、それぞれが思い思いに遠くのほうを見ているという景色はなんとなく不思議であった。ペリドットが混じっている砂浜で、小さなかけらをひたすらに拾う人、水着になって崖の下に降りていってダイビングをする人、写真を撮りまくる人、カップルで崖に座りいつまでも寄り添い合って語り合う人たち。

そんなふうにいろんな人がいるのに、なんとなく静かで、長い間いると「ああ人間界に戻りたい」と思うようなところだった。

雑多で、ゴミも多くて、ネオンがあって、みんなが食べたり飲んだり泣いたり笑ったりしていて、がさがさした音が人間特有の不思議な音楽を創りだしている、そんなところ。大人も子どもも男も女も生々しい感情をぶつけ合って、あたため合って生きている場所。

そんな世界から、そのサウスポイントはあまりにもかけはなれていた。

ここでは果ての力のほうが強く、人間の営みはかき消されてしまう。

あの景色のぎりぎりに切り立った美しさは人間がどんなに小さいか思い知らされる美しさでもあるのだ。

ジンさんがいろんなことを優しく説明してくれて、私たちもいっぱい写真を撮り、おしゃべりし、砂からペリドットの美しい緑をよりわけて、長い時間を過ごした。子どもは笑いながら走り回り、みんなで追いかけたりしかったりして大声を出した。ジンさんは子どもを肩車して歩いてくれた。確かにそんなふうに親しいみんなで楽しく過ごしたはずなのだけれど、なぜか思い出の中のあの場所は静かだ。

夕陽を見るいいスポットまで行こう、というジンさんの合図でバスに乗り込み、夕陽を追いかけてとなりの町まで走っているとき、体にじょじょにぬくもりが戻ってきたような気がした。小さな町、小さな店、静かに暮らしている人たちがいるところまでたどりついたとき、やっとどこかから戻ってきたような感じがした。

いつか自分が死んで、果ての美しい世界に行って、その透明な光に身も心もさらされて、どんどんどんどん透き通っていくときが来たら、きっとあんなふうに私は人間たちが恋しくなるのだろうと思った。憎たらしく、生臭く、うるさく、うっとうしいはずの人間たちの重さが、懐かしくてたまらなくなるだろう。そして、どんなものよりもかけがえのないものがなにであったか知るのだろう。

そんな気持ちを疑似体験できるのが、あの場所だと思う。

いじわるタオル

オアフでうっかりいつも泊まらないでっかいホテルに泊まってしまった。

そこは従業員教育がものすごくきびしくて、何回か遅刻したら同じ部署にいられなくなったり、効率の悪いことをすると、すごく怒られたりするホテルらしい。また日本人のわがままな団体さんが多く、苦労もしているのだろう。

そのせいだと思うが、とにかく意地悪い従業員が多かった。

彼らは意地悪なフライトアテンダントに似ていた。フライトアテンダントは激務である上に規律も大変で、さらにはお客さんもいい人ばかりでないから、ストレスでだんだんと意地悪くなってきて、仕事よりも先に「どうしたら意地悪に対応できるか」を考えている人がけっこういる。聞かなかったふり、忘れたふり、意味がわからないふり。両手がふさがっている赤ちゃん連れに「こちらにカップを置いてください」とトレーを差し出し言い続けたり、爆睡している二歳児を叩き起こして、顔を前方に向けないと着陸できないと規則通りに言ってみたり、人の服に皿の中のものをぶちまけておいて、あやまるよりもまず床を拭いたりしてる。そういうのを眺めていて「まあなんとも、意地悪に生きるとはたいへんなことよのう」と思ってしまうくらい、意地悪の悪い連鎖というか悪循環が生まれていることが多い。

そんな彼ら彼女らの意地悪時に小鼻がふくらんだ得意げな顔を見ていると、人間って疲れていると「意地悪したら楽しいだろうな」って思う生き物なんだなというのがよ～くわかるのである。

とにかくたまたまそのホテルにうっかり一週間滞在してしまい、親切な人は五人しかいなかったが、しまいにはその人たちに抱きつきたいような気持ちになった。彼らがこの環境の中で親切でいることは、もはや慈善に等しいと思ったのだ。

最も意地悪いのは、タオルをレンタルしているブースだった。タオルを借りる札を見せればひとつの札につき二枚タオルが借りられると書いてあるのだが、なんだか知らないけど、彼らは貸ししぶるのだ。それにはアメリカ人たちや他の家族たちも怒ってぶうぶう言っていたが、とにかく手を替え品を替え、一枚しか貸さないように持っていく。クリーニング代の節約を言い渡されているのかもしれないけど、札にはちゃんと二枚と書いてあるから、ずるい。別に二枚貸しても彼らの仕事がそんなに大変になるわけがないから、つまりはただの意地悪なのだ。

どこで泳ぐの?と聞かれて「海とプール」と答えたら、ここはプールのブースだから貸せない、海側のブースで借りなと言ってみたり、今はタオルの数が少ないからあっちの遠いタワーに行って借りなと言ってみたり、こちらを一瞥《いちべつ》もせずにタオルを放り投げたり、私たち家族だけにではなくみんなに対してそうなのである。すんなり借りられることは一回もなかった。そしてみんな子どもを抱えて、文句を言いながら、えんえん歩いて遠くまでタオルを借りにいくのだ。

だんだんこちらも意地悪になってきて、いやな態度や言いかたを身につけたりして遊んでいたが、そんなのってなんともつまらない遊びだ。あんな美しい海や柔らかい風を前にしてなんでそんな毎日が送れるのか、彼らの人生が気の毒でしかたなかった。

私たちまで気分が悪くなってもしかたないよ、楽しもう！と毎回気持ちを切り替えていたのだけれど、それでもタオルを借りるたびにちょっとだけいやな気持ちになった。

どの家族もカップルも「海辺で借りられたら楽でいいな」と思うタオルというアイテムだから、全員がそこに頭を下げて借りに来るからこそ、あんな意地悪が権力をもってしまうんだなあ、と思った。

最後の日、やっぱり意地悪に放り投げられたたった一枚のタオルを椅子にしいて、次回は自分のタオルを持ってこよう、と思いながらプールで泳いでいた。

すると、目の前にすごい遊びかたをしている日本人家族がいた。

男ばっかり五人で、子どもがふたり、ちょっと大きな青年がふたり、お父さん年齢のおじさんがひとり、肩車したり、ふたりで足場を作ったりしながら、まわりに迷惑がかからないようにちゃんと気をつけつつ、水の中にお互いを放り込み合っていた。落としては笑い転げ、落としかたを工夫し、安全に、でもスリリングに。お父さんも子どもみたいに夢中になってるし、子どもは本気できらきらしていて、笑いがとまらない感じだった。何回も落ちて、大笑いし合って、また浮かんできて、交代で沈んで、もう楽しくて楽しくてしかたない！という感じだった。プールにいた全員が、にこにこ笑って彼らを見ていたし、他の子どもたちもうらやましそうにしていた。

いじわるタオル貸しにいじめられても、彼らのハワイは最高の仲良しハワイなんだ、そう思ったら、こういうことがいちばん幸せなんだなと思えてきて、負けずに楽しむぞ！とハッピーな力がわいてきた。

スイートハート

まりちゃんは、私がはじめてフラをはじめたとき、うちのハーラウ（教室）のトップダンサーのひとりだった。

バレエで作った細い体、完璧な姿勢で次々に難曲を自分なりに消化し、美しくクリアしていく姿は、私と同期の人全員の目に焼きついているはずだ。

私の直属の先生ではなかったけれど、まりちゃんの踊りを見るたび、全身の細胞が貪欲に踊りに向かっているその迫力にぞくっとしたものだった。まりちゃんはものすごく美人なのだが、それだけではない鋭く冴えた何かが彼女にはいつもあった。それが野心だったとしても、だれも彼女の踊りを非難できない、そういう才能の持ち主だった。

しかし彼女は、美人なだけではなく正直すぎるほどに正直な人で、計算もできそうでできないタイプだし、いつもありのまますぎて、とにかくすみからすみまで集団行動にむいていない人だった。

なにがあったのか詳しくは知らないが、多分そんなことが理由で、まりちゃんはある日突然やめてしまった。

今でも彼女に教わった「TO YOU SWEETHEART ALOHA」を聴くたびに、彼女の踊りがまぶたの裏に切なくよみがえってくる。だれにもまねできなかった、あの首の角度や細い体の全ての部分を駆使したさまざまな感情の表し方を思い出す。

オアフに行ったとき、まりちゃんに久々に会うことができた。結婚をして幸せに暮らしている彼女は全然変わらずにきれいで、スタイルがよく、美しさはおとろえていない。性格も変わらず、ありのますぎるくらいにありのままだった。

私が「これからTシャツ買いに行くけど、もし興味がなかったら、ここでお別れしても…」と気をつかって歯切れ悪く言ったら、まりちゃんはにっこりと笑い「Tシャツには全く興味がないので、帰ります！」と言った。あちゃあ、変わってないわ！となんだかすがすがしい気持ちになった。そういうところが好きだったんだよな、と思った。

そんなまりちゃんが、小さなスタジオで、運動不足解消のために公開レッスンに参加していると聞いたので、見に行った。彼女の踊りはお金を払って見たいレベルのものだったので、そんなお得なことはない！という明るい気分だった。もう自分の中に悲しみは残っていないはずだった。

パウスカートをはいているまりちゃんを見るのは、七年ぶりだった。

どうしてなのだろう、まりちゃんはフラを踊るとき、いつものまりちゃんではなくなり、神々しくなる。すっと立った形も、笑顔も、体の動きも、神様に愛されている生き物になり、ふだんのまりちゃんから大きく解き放たれる。

でも、もうまりちゃんは私と同じハーラウの人ではない。

同じ曲を、私たちのクムが歌う歌ではない、違う振り付けで踊っている。ステップのしかたも少し違う。もう違うんだ、あのときのまりちゃんの踊りはもう二度と見ることができないんだ、そう思ったら急に悲しくなったのに、フラを踊っているまりちゃんのあまりの美しさ、踊りのすばらしさ、その才能が天から降って彼女を貫いて踊らせている、そのことの全てが切なくて泣けてきた。

となりにいたうちのチビが、

「ママ、きびしい顔でフラを見ちゃダメだよ、にっこりとしなくちゃ」

と言ったので、私は泣くのをやめた。まりちゃんの作る風、海、雨、どれもみんなまりちゃんが思っている以上に美しく永遠だった。

もうなんでもいいから、フラを踊っていてほしい、そう思った。

流派も場所もどこでもいい、踊るまりちゃんがいちばん好きだ、フラなら、もうなんでもいい。フラをしていることで、かすかにつながっている。フラを踊っている長い間にはいろんなことがあった。けんかした人も、もう会えない人も、みんな一度はフラをやっていた。そしてその事実があるかぎり、どこか深いところではずっと仲良しで、わかちあっているんだ。これが、フラなんだ。

そして、この気持ちこそが、ほんとうにフラを愛する心なんだ、そう思った。


パウを脱いだまりちゃんはまたいつものさばさばしたまりちゃんに戻り、

「来てくれてありがとう！ いや〜、今日はきつかった、疲れた〜！」とにこにこ笑って片手にパウを抱えて、姿勢悪くちんたら歩いて帰っていってしまった。

いつものようにそのギャップにがくっとなったけれど、なんだかすがすがしい水に洗われたみたいな気持ちだった。

ひみつのハワイ

こんなにフラをやっているのだから、ハワイアンジュエリーをひとつくらいは欲しいな、と思っていた。オアフでも、ハワイ島でも、いちおういろいろ見てきた。でも、これはどうしても欲しい、と思うものがなかった。

友だちがしているのを見ると「それいいな～」と思う。

でも、借りてしてみると、なんだかわからないが自分に似合わないのだ。

高くないのでいい、一生に一個くらいは作ろう、名前も入れてもらったりすれば、きっと大事にできるだろう、そう思って何回もオーダーしに行こうとするのだが、実際にその段になると、なぜか作らないで帰ってきてしまう。どうしても私に似合わない。私のバングルではない、私のリングではない。そういう感じ。

まだ時期じゃないっていうことなんだろうな、と思っていた。

ひどいぎっくり腰になり、数ヶ月間フラを踊れなかった。

見学に行ったり、なんとなく軽く動いてみたりするけれど、踊りではないし、みんなと並んでひとつの波に乗っているわけではない。くやしかったけれど、しかたないから、じっとしていた。

フラへの飢えが自分を満たしているのがわかった。下手でもなんでもついていこうと思いきりがんばって、へとへとになって帰りにビールを飲むときのすがすがしさも恋しかった。家で踊りを練習しているひまもなく、ウクレレもさぼりがちなインチキな私なのに、もう復帰できなかったらどうしよう、と暗澹《あんたん》とした気持ちになったりした。

あんなにも下手なのに、こんなにも踊ることが好きなんて、とても信じられない！

でも、どうもそうみたいだった。フラは私の中に根をおろして、枝を伸ばしてしまっているみたいだ。

どうしても行かなくてはならない用事ができて、ある午後、私は沖縄に向かっていた。同じ南の島だから、というのではなく、飛行機に乗るとき、なぜか「ハワイアンジュエリー」というイメージが何回も私の頭をよぎった。なんでだろう？沖縄でハワイアンジュエリーを買うのかな？と笑いながら思った。ありえない。だって国際通りには私の好きな感じのお店はないし、ほんもののハワイアンジュエリーもあんまりなさそうだし。それに、ハワイに行ったときに買いたいし。沖縄じゃないほうがいいし、そう思った。

友だちとの約束の時間まであと一時間、お店の前に早くついてしまった私とチビは、散歩でもしようか、とうろうろしていた。すがすがしい空気、ハイビスカスがいっぱい咲いている路地。南国特有の真っ赤な夕焼け。強い光が透明な赤に変わっていく。

「そこでジュースでも飲む？ママはカクテルでも飲もうかな」

と入ろうとしたお店に、チビは、

「ここはしぶすぎるからいやだ」

とよくわからないダメ出しをした。彼には、遺伝なのか不思議な勘があるのだ。

じゃあ、もう少しだけ散歩しよう、と一本奥の路地に入った。

すると、かすかに聞こえてくるハワイアン。そこにはなぜか小さな小さなハワイアンの店があった。パウスカートやアロハシャツ、楽器も少し。私はさっきのひらめきなどすっかり忘れてふら〜っと入っていった。お店のお兄さんが「ハロー」と言った。私は「ハロー」と言って、ショーケースの中のひとつのリングに釘付けになった。フラをする人たちとイプとウクレレと椰子《やし》と星が描いてあった。これだ！これだ！これが呼んでた！と私は思い、すぐに「買います」と言った。サイズもぴったりだった。

お兄さんはすごく不思議そうに、

「この店は気が向いたとき三時間しかやってないんだよ。趣味の店なの。知らない人は絶対来ないよ。それにこの場所、全然表通りじゃない。しかも、このリングは僕もしてるけど、ハワイの○○さんに特別に注文して作ったもので、もうどこにもない、最後の一個。しかもサイズが小さいから、欲しいという人もたいていは合わない。僕は聞きたいよ、あなた、なんで突然ここに来てよりによってこれを買うの？すごく嬉しいけど、なんだか不思議な気分」

「すぐそこが友だちの店で、早くついたので、ふらふらしていたんです」

と私は言ったけれど、きっとこのリングが、フラを踊れない私をなぐさめるように、今日の朝から私を呼んでいたんだな、と思った。沖縄の路地にある、夕暮れしか開かないひみつのハワイから、かわいい小さな声で。

日本人の心

ヒロで泊まったのは、一風変わったB&Bだった。

もともとは移民してきた日本人が住んでいた超和風の邸宅だったらしく、私たち家族が泊まった二階の広い部屋にはその姿が保存されていて、これでもかこれでもかという感じに和風だった。障子、富士山を描いた欄間、掛け軸、日本人形、たたみ、お風呂はつくばいの形をしていてそこに水を注ぐ蛇口はしっかりと竹の形…そこにいて、ヒロ特有の緑が多くぼんやりゆるい景色を見ていると、高い建物が少なく見晴らしがよかった昭和の熱海にいるような不思議な気分になった。

一階はすっかり改装されてすてきなダイニングや洋風の個室がいくつかある

のだが、ところどころに置かれた壺《つぼ》やタンスにはやはり日本人が住んでいた面影があった。

ここで故郷を思いながら生きて死んでいった人たちはどんな気持ちだったんだろう、と思わずにはいられなかった。

でも、いちばん変わっていたのは宿ではなく、宿の雇われ管理人さんだった。

夢のような朝ご飯が美しいセッティングで出てくるし、フラも見せてくれるし、フレンドリーでいい感じのご夫婦なのだが、とにかく完璧主義。

フォークを持ち出したり夜中にうるさくすると、突然デジタルに態度が変わり無表情で怒る奥さんの完璧さはまるでホラー映画に出てくる人みたいで、宿の地下一階に住んでいるのがこれまたしっくり。夜、窓に夫婦の横顔が映っているのを見るとなぜかドキドキ。

「彼は、こんな美しいところに住んでいるのに、Nintendo DSのゲームをしようとするのよ！みんな捨ててやったわ」

みたいなことを淡々と語る彼女、しょぼんと下を向くご主人。今にもホラー映画が撮れそう…。

まあ、そのくらいハワイに夢中で、ハワイの夢をこの宿にぎっしりつめこみたいと思っているからこそ、あんな大変なお仕事ができるのだろう。満室になったら考えられないほど忙しそうなその宿は、いつもきっちりと整えられていて、朝早くからもうフリーのコーヒーがたっぷりと用意され、たくさんのフルーツやふわふわのパンケーキはとろけるようにおいしかった。

一日あちこち取材して回って、へとへとだった私たちはそれでもその宿での夜、ちょっとした宴会をした。

ハワイ島をほとんど一周、いやな顔一つせず、案内をしながら回ってくれたガイドのジンさんは、この本で写真を撮っている私の友だちちほちゃんの友だちで、心からハワイ島を愛していてその良さをみんなに知ってほしいと思っているから、何回同じところを案内しても飽きたりルーチンになったりすることはない。だから彼がハワイ島を愛しているその視点からいっしょにハワイ島を感じることができたのだ。

　そんな彼の心がこもった案内への感謝の気持ちと、今こんなにいっしょにいるみんながもうすぐばらばらの場所に別れていくことが、心の底に音楽のように静かなトーンで流れていた。

　いつもツアーを案内して忙しいジンさんと、フラ友だちのじゅんちゃんと、ヒロ在住のちほちゃんと、カリフォルニアからやってきたきよみんと、シッターの陽子ちゃんと、私たち家族三人、管理人夫妻を起こさないように、こそこそと宴会の準備をした。

　たたみ、障子、外の緑にしとしと降る雨、ちゃぶ台を前にしたら、ふだんなかなか会えない私たちは一気に年齢も立場も環境も超えて、全員が日本の大学生になってしまった。ビールを飲んで、ポテトチップスを食べて、いろいろ迷っていて、人生はまだこれからいろんなことがあって。

　そんな気持ちになった。

　みんな大学生のときはびっくりするほど違う場所にいたはず。ジンさんは植物の研究、じゅんちゃんはチアリーダー、ちほちゃんは映像を撮りながらいっぱい運動して、きよみんはきっとダイナミックにあちこち動いていて、陽子ちゃんは演劇好き、夫は島根で研究、私はインドア派のオタクで小説を書いていた。うちのチビに至っては、それは未来の図である。いつか彼もこんなふうに友だちと宴会をするんだろう。

そんなに違う、一生出会うはずがなかった私たちなのに、こんな和室で集まったら、あっというまに同級生になっちゃうなんて。

朝になると海が見えるはずの大きく古いガラス窓からは、ただただヒロにみなぎる木々のしっとりと濡れた雰囲気だけが雨音と共に伝わってきた。

未来はまだまだわからないよね、いっぱい広がってる、そんな気持ちがふつふつとわいてきた。

ハワイと北海道

『まぼろしハワイ』という小説集の中に入っている「銀の月の下で」という小説の中に、私の中にある、ハワイ島の「ヒルトン・ワイコロア・ビレッジ」に対する不思議とあたたかい気持ちを描き込みたかった。

広大なホテルの敷地の中をなぜか電車や船が通っていて、花咲き乱れ、人々は微笑み、プールの水はきらきらと光り、ある意味での楽園のような変なおもむきがあるからだ。

人工的に作られた海の中にはイルカや亀がいる、ガラスの向こうの小さな庭には歩き回るネネ（ハワイの水鳥）がいる、川には大きなバラクーダもいる、みんなつかまえてこられて人工的な環境に入れられちゃった、そういうことが私はあまり好きではないはずだ。いや、むしろ苦手、いつもちょっとだけいやな気持ちになるはず。

それでも、いっぺんにある人工物の山に自然がむりやり混じっているあの感じがまるで遊園地みたいだから、子どもがあまりにもむじゃきに喜んでいるのを見るとついつい頬がゆるみ、人間が作ってしまったいびつな楽園のそのごっちゃな世界をちょっと愛おしく思う。

ホテルのエレベーターを降りると、スタバのようなお店があっていつでもコーヒーが買える。うまいなあ、つい買っちゃうよね、この場所にあっちゃ。そう思いながら、熱いコーヒーを手に入れる。

ちょっと座ると目の前の川に小さい船がたどりつく。旅行中の楽しそうな人たちが乗り込んでいくのを眺める。船が去ったあとにはバラクーダがのんびりと浮かんでいる。コーヒーを片手に電車にも船にも乗らず廊下に沿って歩いていくと、いろんなホテル棟を抜けていくあいだずっといつまでも店が連なり、中華も和食も帽子も靴も美術工芸品もなんでもかんでもある。廊下はギャラリーになっていてハワイのそしていろいろなエスニックな国のなんとも言えないレベルの絵画や彫刻がずっと飾ってある。

そんなにぎやかすぎる世界も、夜九時を回るとほとんどが閉まり真っ暗な世界になってしまう。イルカプールのイルカたちだけがいつまでもきゃっきゃさわいでいる。昼間の仕事のストレスでも語り合っているのだろうか。

人が創ったものの限界、人が創った世界の小ささ。

そんなものも少しだけ愛おしく感じる。


この広くて浮かれていて浅い祭りのような感じといちばん対照的な感じってなにかな、そうだ、北海道の小さな居酒屋みたいなところだな、寒くて湿っていてぼろぼろで、でもなぜか深く深く広がっていて、ふと人生を振り返ってしまう感じ…そう思って、その小説の中に小樽を登場させた。

主人公はまだ高校生くらいで、お母さんとお父さんが離婚しちゃって、お母さんとお母さんの新しい彼氏と小樽に行って、そうしたら部屋が自分だけひとり部屋で、お母さんが自分と泊まる楽しさをとらなかったことで、自分のほうが世間体のためにくっついてこさせられた単なるじゃまものだと知って、小さな居酒屋のトイレでひとり泣く。そのことをなぜかハワイで強く思い出す。そういう内容だった。


小説っていいな、どんな遠いものもつなげられる、そう思って書いたのだが、後日、フラをいっしょに習っている友だちが急に言いだした。

「あれ読んでびっくりしちゃった、私あのこと言ったかな、と思って。だって、私あの体験したんだもん。お父さんとお母さんが離婚した後に、お母さんとお母さんの彼氏といっしょに小樽に行ったんだよ。それで部屋割りが小説の通りで、言わなかったけどすごく傷ついた」

私はびっくりして彼女の横顔を眺めながら、事実の方がいつだってすごいんだ、とまたも思い知った。

これまでもいろいろなことを小説に書いてきた。お母さんがオカマだとか、親が三人いるとか、男の同級生が意味なくスカートをはいているとか。でも、いつだってどんなことを書いても必ず、「私の体験と同じです」って言う人が出てくる。うそでしょ、と目を見るとみんな真剣で、聞いてみると小説以上に異様な設定なのだ。世の中の広さにはいつもめまいがする。人間だけが狭い空間に夢をこめて作った世界じゃない、この真に広い世界…想像を絶することが毎日無数に起こっている、予測できない世界。

そして私は、時間をさかのぼって、空間を超えて、小説の中の主人公とその友だちを小樽の寒い空の下、ぎゅっと抱きしめてあげたくなった。

私がまだお母さんになる前

ヒルトン・ワイコロア・ビレッジの話をもうひとつ。

ホテルの中には広大な人工の入り江があり、イルカのプールに直結している。

イルカたちはそこで自由に泳ぐことはできないが、普通のそういう場所よりは比較的広い場所で毎日人間を眺めたり、眺められたりしている。

そこにはドルフィンエンカウンターみたいな感じの様々な催しが毎日あって、大人も子どもも申し込めばイルカに触ったりキスしたり魚をあげたりできる。

私は昔、とにかくそういうものにはみんな参加した。イルカに触れてみたかったからだ。意外にかたくてナスみたいなあの表面。魚のような犬のような、あの変な生き物。

今はなんとなくだけれど（強く反対運動を起こしているわけではない、ただもやっとしているから個人的に参加しないだけ）捕ってきたイルカを犬みたいに飼っているシステム全体に疑問を感じて、去年の夏くらいに子どもにつきそっていったのを最後に少し距離をおいている。

それでもカフェでお茶をしながら、ふとプールを見るとイルカがすいすい泳いでいるのを見ると、こみあげてくる幸せを感じずにはおれない。

人間って矛盾しているなあと思う。この矛盾こそが人類だから、私はただ眺めるか、自分の思うことをするしかできない。

かわいいイルカを捕ってくるのも、飼うのも、かわいがるのも、たとえその全てがイルカにとって残酷なことでもしてしまうのも、人間。

それはちょうど、かわいい子どもを慈しむ人もいためつける人もいるのと、同じように。

ホテルのイルカプールの近辺は、家族連れでいっぱいだ。これからイルカに触る子どもたち、どきどきしている子、泣き出しちゃう子、それをなぐさめたりはげましたりする親たち。カメラを準備して、イルカが目の前に来るのを待ちに待っている親子。みんな浮かれて浮き足だって、わいわいきゃあきゃあしていた。

まだ子どもがいなかった私は、家族ってたいへんだなあ、こんなにいろんなことをしなくちゃいけないんだ、なんてのんきに思っていた。子どもを持つ予定もなかったから、自分は気楽でいいなあと思っていた。好きなときに好きなふうに動けるし。

でも目のはしで、ずっと私はある母と子をとらえていた。

色が真っ白なお母さん、女優さんにたとえると夏川結衣みたいな美人さん。ワンピースを着て、プールサイドにいる。そばにはいつでも小さな女の子。お母さんにいつもまとわりついて、お母さんはいつもその子を見つめている。

私ははじめ、お母さんには障害があるのかなあ、と思った。プールサイドの喧噪《けんそう》の中で、彼女だけがしんとしていたからだ。まるで音のない世界にいるみたいに。でも違った。女の子がしゃべりかけると、お母さんは小さい声で答えて、笑顔になる。つまりまわりの興奮状態に比べて静かなのは、このふたりをとりまく全体の空気なのだ、と気づいた。

そのとき、私の母がとなりで「あの親子、気になるよね。なんかお父さんがいない気がするよね」と言った。

私もそう感じていた。

そのお母さんは、夏川結衣がいつも切ない役をやるからイメージが似ているわけではなく、ものがなしいくらい静かだった。こんなにみんなが騒いで笑って叫んではしゃいでいるハワイの家族向き大型リゾートホテルの中で、ふたりは小さい幸せをするめをかむみたいに味わっているように見えた。

お父さんがいないその状態に憧れを感じたのでは決してないのだ。ただ、普通の家族がいらいらの中で、日常の重さの中で、いつのまにか失ってしまったり、大事にしなくなっているものを、そのふたりは持っていた。それはとても美しいものだった。見つめ合う目と目の中には、いつだって「あなたしかいない、あなたがいなくなったら私もこの世からいなくなる」というお互いのかたい決心が静かにまるで誓いのように、映し出されていた。

お母さんになるって、ほんとうはこんなすごいことなんだ、と私は思った。まわりじゅうのみんなが、食べ物をこぼしたとか、フィンがはまらないとか、アイスを買ってこいだとか、寝ちゃったから重くてもう歩けないとか言ってるから、見えなかったんだ。

カイマナヒラ

カイマナヒラというのは、つまりダイヤモンドヘッドのことです。

ワイキキのどのホテルにいても、海側のラナイから首を出したら、まるで生き物みたいに目が合う、いつも私たちをそっと見下ろしている、あのすばらしい山。

目に入るとちょっと気持ちがしんとなって、神聖なものが入ってくる感じがある。

湘南や静岡県あたりでふっと目線を遠くにやると、遠近がわからない感じで富士山がふっとあり、そのたたずまいは風景には決してとけこまない、あの雰囲気によく似ている。

まだフラをはじめたばかりで、クラスもクムが直接教えていらして、みんながまだまだ若くてキラキラしていた頃（今がキラキラしていないわけではないけれど、もう熟練の雰囲気が出てしまって、小さなステップでとまどっていた頃のような初々しさはない。そのかわりみんなしっかりとうまくなっている！）、なぜか全然関係ない人たちとチームを組んで、一曲踊って、それをビデオ撮りして、観《み》てみんなで反省するというおそろしい企画があった。

そのとき、たまたま、ちょっとだけ仲良くなりはじめた頃のりかちゃんと同じチームになった。りかちゃんは、才色兼備のものすごいモテモテ女で、人気者で、いつでも大勢の人に囲まれていた。私はいつもはじっこから、いいなあ、仲良くなりたいけど、あんなすごい人とはなかなか近づけないなあ、と思っていた。

りかちゃんのいちばんすごいところは、追いつめられて普通みんながふっと体をそらしてやりすごすような状況になればなるほど、よし、他の人と違う反応をしよう、自分はこうしてみよう、と静かに燃えはじめるところだ。

そのときも、まるで十年来の親友みたいな優しい笑顔で、ダメダメな私をひっぱってくれて、いっしょに待ち合わせて練習したりして、すっかり仲良くなった。

「なにを踊ろう」「いちばん大丈夫なのはカイマナヒラじゃない?」「そうだよね。いちばんましかも」「でも振りが全然入ってないから、でたらめだよ」そんなことを言いながら、ゲラゲラ笑いながら、いっしょうけんめい練習した。下手だったけど、私たちには笑顔があった。心にはダイヤモンドヘッドを抱きながら、練習また練習。

結局「全員をビデオ撮りしていると時間がかかるからやめましょう」ということになって、私たちはがっくりしたけれど、りかちゃんと私のつながれた手だけはそのまま残った。


りかちゃんは家庭の事情もあり、今、フラをおやすみしている。

りかちゃんがいないクラスは少しだけ淋しくて、暗い感じがする。りかちゃんのちょっと激しく色っぽくぷりぷりした踊りを見ると、だれもが元気になった。

淋しいけど、人生はいろんな時期があるから、それにいつでも会えるから、と思って、こらえている。

なかなかみんなでは行けないのでもしかして最初で最後かもしれない、ハワイでのホイケ（発表会）に、りかちゃんはひとりでいっぱい出ることに決めて、その輝くような笑顔をステージからふりまいていた。

どうせハワイに行くなら、とにかくカヒコ（古典）もアウアナ（現代）も出るし、友だちがいないチームにも入って知っている曲を踊る！と聞いたときにはびっくりした。さすがりかちゃんだ、自分で決めたことはやる人だ、と思った。ステージの下のカメラマン席にむりに陣取って「りかちゃ～ん！」と応援したら、「恥ずかしいから下がれ！」と舞台の上から笑顔で言われた。そのときのりかちゃんは最高に輝いていた。

ｒリハの待ち時間のとき、仲のよいみんなでワイキキシェルの前の芝生でごろごろ寝転んだり、デジカメで写真を撮り合ったりしていた。私とりかちゃんの後ろにはしっかりとカイマナヒラがそびえたっていた。

「あのとき踊ったね」「今ほんとうにハワイにいっしょにいるんだね」「ほんとにいっしょにカイマナヒラを見てるね」そう言い合うんだけれど、いつも渋谷区で踊っていたみんなでハワイにいられるなんてとても信じられなかった。デジカメの中に映る私とりかちゃんの後ろにカイマナヒラ。あまりにもリアリティがなくって、合成写真みたいに見えた。

スイートハート　p51

ひみつのハワイ　p56

日本人の心　p61

ハワイと北海道　p66

私がまだお母さんになる前　p71

カイマナヒラ　p76

ひとりしかいない　p81

不思議ホテル　p87

ひとりしかいない

何回もしつこく書くけど…長年フラをやっているけれど、全然うまくならない。

しかも腰を痛めたから、ますますできないことが増えて、きっとこのまま一生このくらいのレベルを行ったり来たりしながら、かたつむりのように歩んでいくのだろう。

そのことが悲しくないの？と言われたら、悲しいけど、と答える。

もっとがんばりなよ、と言われたら、うん、ちょっとずつ、と言う。

私だって人間だから、きらめくステージに出ている、うますぎるくらいうまい先生たちを見ていると、同じ人間なのになんであんなにすごいんだろう、と思うし、あんなだったらいったいどんな気持ちなんだろう?と憧れたりすることもある。

あんな動きができたら、どんな気持ちがするんだろう。あんなすばらしいスタイルで街を歩いたら、どれだけの人が振り返るだろう。

でも、すぐに思い直す。

ステージの上で世界一輝くとか、ちょっと人目をひくとかは、とてもすばらしいことだけれど、おまけなんだ。彼女たちは、その美しさを保つために、生活も律し、食べたいものを食べたいだけ食べることも一切なく、ステージが終わったら自分で荷物を持ってへとへとの体で夜道を帰っていくのだ。朝早くから集合して楽屋に入り、一日中寒いまたは暑いところで待機し、背中を丸めたいような気分のときもしゃんと姿勢を保ち、合宿では床で眠り、徹夜で勉強し、そのことに一切文句を言わず…そうやって内面も磨いて生きているんだ。だから踊りの瞬発力があんなにすごいんだ。

私になんでそれがわかるかというと、小説の世界では専門家だから、全く同じことを経験しているから。

華やかな会食、人のお金で海外旅行、授賞式でドレスを着てスピーチ、いろんな人に先生と言われ注目される…そんなことはほんとうに一部。

あとの時間は痛い腰をさすりながら、ずっとずっと机に向かっているし、ふだん気を抜いていると小説にツケが出てしまうから、いつでも心の中をスタンバイ状態にして、書ける態勢でいる。朝早起きして子どもにお弁当を作り、夜は親のお見舞いに行き、家事をみんな終えた後で、やっと小説を書きはじめる…そんなことのくりかえしで、やっと本ができるのと、トップダンサーたちの生き方は全く同じだからだ。

やっぱりこの世に楽はないのだ。

でも、だからこそ人生はすばらしいのだと思う。

どんな人もそれぞれがトップである場所（相手は仕事か家族か友人か恋人か夫か子どもか…ほんとうにそれぞれ）では同じようにたいへんで、同じようにすばらしいのだから。同じようにぐっとこらえ、ぐちをのみこみ、一瞬にかけて、自分が自分をちゃんと見ているから大丈夫、と毎日をつみかさねる。

もしも私が「あっちで華やかだから、こっちでは地味でのびなくてもがまんする」と思いながら、フラをやっていたら、とても続かなかっただろう。

私は、フラの世界で自分だけの道を歩んでいる。きれいごとではなく、ほんとうに自分だけの道。そこには私だけに見えるなにかがあり、私だけの小さな上達があり、挫折がある。休みがちだし、運動神経がなくっても、確かに道はそこにある。フラをやっていない人たちが全く知らないハワイの言葉や歌を歌い、踊れるというかすかな喜びを感じている。そして私はすばらしいダンサーやクムが、私を見るとほっとするような存在でいたい。その形でクラスを支えていきたいと心から思う。「なんかあの人がいると、自分の踊りの歴史を、全部見ていてもらえるような気がする」そういう存在でいることが誇らしいと思う。

自分が自分にとってぴったりくる役割の中にすんなりいること。その中でたったひとり、遅い歩みでも進んでいること。自分が自分でいるだけ、それ以上の幸せがあるだろうか。小説の現場とフラの現場で役割は違っても、自分でいるだけでいい。

なんといっても、この世にそれができるのは自分だけなのだ。有名でも無名でもどんな状況でも自分を全うするしかできることはない。

だれかを自分と比べてうらやましいと思ったり、だれかがちゃんとわかってくれさえすれば、自分はこんな状況にはいないのに、と思うことの何倍も、そこには小さなあたたかさがある。つきない動力がある。しゃかりきになってねたんだり、怒りをバネにしてがんばる人たちの肩に力の入っている様子を見ると、私はいつでも「こっちに来なよ、楽な上にちゃんと力が入るから、効率がいいよ〜」と思うのだった。

不思議ホテル

そのホテルはワイキキのはじっこの変な場所にある。カピオラニパークのすぐ近くで、そこのすてきな地元のクラフト中心の朝市まで、ぶらぶら歩いても五分くらいだった。

いちおう海からも三分なんだけれど、少し奥まっているから、大都会のビルの陰にあるみたいな感じ。そっけない建物で、よく見ないとここにホテルがあるなんてわからない。

その違和感といったらものすごい。ここがハワイとは思えないような、大まじめな都会ぶり。

照明を抑えたレセプションとバーの感じはまるっきりNYのデザイナーズホ

テルみたい。

大きなソファも、上品な御影石《みかげいし》の噴水の飾り（かろうじてハワイを思わせるきれいな色のアンセリウムがそこにはいつでも浮いている）も、朝一番にコーヒーをテイクアウトできるスタバのようなカップとふたも、バーカウンターのスタイリッシュなデザインもみんなシティホテルそのもの。

働いている人がロコではなくって黒人が多いのも、ハワイにしてはとても珍しいことで、それがまたＮＹっぽい。

部屋の内装もとてもスタイリッシュ。透けた葉をかたどったライトも、真四角の洗面台も、シンプルな黒と白のベッドも、とにかくおしゃれ！


でも、なんていったらいいのかな、南国のだるい雰囲気がだんだんそのスタイリッシュを侵食していって、どんどんゆるさやなまぬるさやいいかげんさが入り込んできていて、そこはもはやこの世のどこでもない雰囲気になっている。

そのへんがどことなくみんな砂っぽいし、みんなおしゃれな窓辺に水着を干しちゃうし、すけすけのシャワールームを出てもみんな裸足のままだし、荷物もいつのまにかみんな南国調だから、だんだんハワイの影のほうが濃くなっていっている。

だいたい、ぶ厚い布地の完璧なデザインのソファに、ビキニの人が浮き輪を持って座っているんだもん、なにかの冗談としか思えないよ。

せまいバーには、朝のうちはとにかく人がごったがえしていて、立ってパンをかじったり果物だけとって壁にもたれている人さえいる。みんなハワイに来てるのに、これから仕事に行くみたいな雰囲気で薄暗い間接照明に照らされている。日本人はほとんどいない。家族連れもほとんどいない。いくらでもタオルやビーチマットを貸してくれるけど、海はすぐそこにはない。その小さなNYからタオルとビーチマットを抱えて人々は海へと歩き出す。むちゃくちゃだ。

とにかく面白くて見飽きなかった。

部屋の窓は決して大きいとはいえず、ラナイもないのだが、その美しい眺めといったら、びっくりする。窓からは海しか見えない。いつも夕陽が窓のど真ん中に沈むのが見える。白い帆のヨットが静かに行ったり来たりしているのを、なにをしていても眺められる。

両脇には有名なでっかいホテルがででんと構えていて、窓の下をひとたび見下ろせばとなりのホテルの超ちっぽけなプールが見える。そのちっぽけさには驚く。五人泳いでいたらちょっと気まずいというくらい。そのまわりに信じられない数のてきとうなビーチベッドがあって、いつも人がごったがえしている。プールに対しての人の数が全然つりあってない。

朝と夜に屋台が出ていて、奇妙に真っ赤なちょうちんが飾られていて、東洋の祭りみたいな雰囲気だ。朝と夜にはそのちょうちんのもとで音楽の生演奏やフラまでやっている。

そのもうなんともいえない「昭和のバカンス」という雰囲気のしぶい景色を見下ろしながら、同時に遠くの海を見つめているのは、不思議といい感じだった。

　取材だし、少人数だし、思い切ってハレクラニに泊まろうかと思ったけど、友だちの家がカピオラニパークのほうにあるから、あっちのはじっこだと歩いて行くには遠いし、やっぱり高いから、それは結婚記念日とかにとっておいて、まあ今回は微妙に貧乏旅行を楽しもうかね…などと思ってそのホテルにしてみたんだけれど、四泊してもハレクラニの一泊分だったそのホテルに泊まらなかったら、こんな面白いものは見ることができなかったかも…下から持ってきた熱くおいしいフリーのコーヒーをすすりながら、旅人気分爆発で、しみじみとそう思った。

ハナウマベイ

長い坂を下ってハナウマベイに行って、思い思いに人々がシュノーケリングをしている混雑をかきわけてちほちゃんといっしょに少しだけ沖に出たら、そこにはもう人がほとんどいなかった。

泳ぎもダイビングも強者のちほちゃんは、もう少し沖に行ってみると言ったけれど、私は自信がなかったので、そのへんを散策するね、と別れた。

サンゴはかなり死んでしまっているけれど、海の中はとにかく魚だらけだった。混み合っていて、うるさいくらい。

あまりにもおおぜいすぎて、こちらが小さくおじゃましている感じだった。

いる魚がみんな知っている大きさの三倍から六倍で、自然保護地区のすごみを知った。守られていて餌も豊富にあったら、こんなにも大きく育ってしまうんだ。守ったら、自然ってこんな再生の底力を見せてくれるのか。それでもサンゴが死んでしまう、海の温度だけは変えられない。

ハナウマベイのビーチは州立公園内だから有料で、海に入る前にさんざんレクチャーを受けることになっている。

魚に触ってはいけない、海の中のものに触っちゃいけない、持って帰っちゃいけない、水着で突っ立ってそういう映画を観させられる。めんどうくさい反面、こんなに守っているのに人を入れてもいいと考えるアメリカ文化の懐の深さも同時に知る。もし日本だったら立ち入り禁止区域にするか、泳いでいる人が少しでも意外な行動をしたら、係員が飛んで来て注意するいやなビーチになるだろう。知らなければ守る気持ちは起きないし、こんなすごいところに入った感動が、その人のその後の行動を変える、そういうことはあると思う。

実際に海に入ってみたらそういうわけで満員電車みたいに魚がいっぱいいた。肌と肌ですれちがうときちょっと触れ合ってしまったり、同じ魚とずっといっしょに泳いだり、ずっと目が合っていたり、私のブレスレットをつんつんつついてきたりして、触らないわけにもいかない状況で、笑ってしまった。

足が立たないところでじっとじっと魚たちを見ていたら、だんだん夕方に近づいてきたからか波の力が強くなり、海の中でも流れが巻いてきて翻弄されるようになってきた。私がじっと見ていた海藻をつついている魚たちも、波が来るたび私といっしょにわ～っと流され、流された先でまた同じメンバーで海藻をつついている。私もまた流された先で同じメンバーを見つめた。

そんなことをくりかえしていたら、こんなふうに彼らといつまでもいられるような気がしてきた。その場に溶けこんじゃったみたいな。神様って人間を見てるときこんな気分なのかな。全然上から目線じゃなくて、溶けてるみたいに平等な感じ。

私にできないことが、きみたちにはできて、別々の場所に住んでいるけれど、同じ命を持っているんだよねえ、そういう限りなく尊敬に近い尊重の気持ちがわいてくる感じ。

そんなことに夢中になっていたら、だんだん手の指がしわしわになって、冷えてしびれてきたので、そろそろ帰る合図かなと思って、その魚たちと別れた。みんなできればよい魚生を！と思いながら。言葉は交わせないから、黙って別れた。向こうにしてみたら、なんだったのかしら、あの大きい不器用なの、っていう感じだろう。

ちほちゃんがなかなか帰ってこないから、とりあえず足のつくところでちょっと待ってようかな、と思って猛然と泳ぎ、やっと足の立つところで顔を上げたら、後ろからにこにこしたちほちゃんが泳いでやってきた。

なんだか久しぶりに人を見たけど、言葉がいらない感じ、と思った。

魚をずっと追いかけてるときって、まるで凧《たこ》が空高くなっていって、ほとんど見えなくなって、もう存在している事実を知るのは手元の糸をぐいぐい引く風の力だけだ、というときみたいだ。違う世界のぎりぎりにちょっとだけ接して、かすんだみたいな気分になって、これってほんとうのことなのかなって、なんかぼんやりしてしまう。

人の笑顔がそこから私を引き戻す。ちほちゃんは楽しそうに沖の話をしてくれて、ふたりで並んでだらだら泳いで帰った。

カピオラニパークを抜けて

ちほちゃんとは、しょっちゅういっしょにいられるわけではない。

それはきっとちほちゃんがオアフに住んでいるからではないと思う。

多分お互いが東京にいても、忙しいもの同士だから、たまに会って飲むくらいだろう。

実際彼女がまだハワイに行く前は、そんな感じだった。

でも、気分としては、小さい頃の友だちみたいに、今日あったことをちょっと聞いてよ、と、夜毎日一杯飲むような感じでいつもそばにいるように思っている。

でも、いつもそばにいるように思うのと、実際にそうであることはやはり違う。

たまに、こんなときにちょっと顔が見れたらなあ、と思うとき、スカイプやメールはあっても、ふたりのいる時刻が違う。それが離れているということ。

ワイキキでのある午後、ヨガを終えたちほちゃんが自転車でホテルにやってきて、こっそりとホテルの朝ご飯やジュースやコーヒーをちほちゃんのいるロビーのソファに運んだりして、なんとなくみんなでだらだらとしてから、ゆっくりと道を歩いてDFSの脇にある「ジーニアス・アウトフィッターズ」まで行った。そのお店ができてからみんながそこをすすめてくれるから、今回こそ行こうと思ったのだ。

確かにそこは宝箱みたいで、なにかしら自分に合うものがあるし、かわいいエコバッグをおまけにつけてくれるし、女子にはたまらないお店だった。

いっしょにだらだらと洋服を選んで、かわいい小物を見て、これが似合う、これはいいんじゃない、と言い合って、まるで学生に戻ったみたいな時間を過ごした。学生で、東京で、時間が余ってて退屈してるみたいな、贅沢《ぜいたく》な時間。そういうことをしているときには決してその良さに気づかない、魔法のだらだら。

私はちほちゃんにきれいなTシャツをプレゼントしてもらった。

そのあと私はアラモアナに行くことになっていたので、ちほちゃんがタクシーを拾ってくれて、手を振って別れるとき、あ、ちほちゃんは歩きか、自転車のところまで送ってあげればよかった、と悔やみながらも、また会えることにほっとした。

いつも、こんなふうに手を振って別れるときは、お互いが別々の国に戻るときだ。

でも、今回は違う、今夜も会えるんだ、そう思った。

あの、別れのときの、空間がきゅっと裂かれる感じがそのときはなかった。

あとでね、じゃあ、あとで。

この言葉が世界中で、こんにちは、さようならと同じくらいにすぐに覚えられる言葉であることに、意味はあると思った。

ハワイに行って、最高に美しいハナウマベイにも行ったし、豪華なステーキもりもり食べたし、改装された重厚なビショップミュージアムにも行った。

なのにいちばんの思い出は、私のスタッフふたりと、うちのチビと、四人で夜のカピオラニパークを抜けて、ちほちゃんの家まで歩いていったことだ。

いっしょうけんめいに地図を見ながら、なんとなく不安になった、ぬるい風の吹く夜の道。木々がざわざわ揺れて、草の香りがしていた。

突然にきれいな建物がたくさん出てきて、窓の中には住んでいる人たちの平和な夜の雰囲気が映っていた。音楽が流れたり、お料理の音がしたり、話し声がしたり。ここはホテルに泊まるところではなく、海水浴をするところでもない、人が暮らしている島なんだ、初めてそう思えた。

ちほちゃんの家で大量のしゃぶしゃぶを食べながら、ちほちゃんのボーイフレンドが帰ってくるのを待っていたあの時間の幸せ。

確かにそこはハワイだったし、ちほちゃんがそこに越してから初めて行った家だったけれど、どこの場所にいても、こんなふうに会うときは同じなんだと思った。

前の家では大家さんが物音に異様にうるさくて、こそこそと料理し、音楽も小さく、まるで監獄にいるみたいに暮らしていたちほちゃんが、今は新しい家でのびのびとドアを開け放ち、音楽を聴いて、幸せそうに暮らしているのを見ただけで、もうお腹がいっぱいになるくらい、嬉しかった。

ハナ

こちらはなんにもしてないのに、なんだかとっても許されている感じがする。

マウイはそういう島だった。

はじめからフレンドリーで、なんでも見せてあげるよ、と言っているみたいな。

だれかとても大きなえらい日本の神様みたいなものが「うちの子がそっちに遊びにいくから、めんどうみてやっておくれ」とマウイの大きなえらい神様みたいなものに頼んでくれて、いるあいだじゅう、なにか優しい力に包まれているような気がした。

あまり関係ないようだけれど、私が小さい頃、なぜか両親は伊豆の土肥《とい》温泉というところを気にいって、毎夏通っていた。

その町には駅がないので、バスか修善寺からタクシーに乗るしかない。しかも当時はまだバイパス道路ができていなかったので、山越えをしなくてはならなかった。すごいくねくねの山道でバスや車に酔うたびに、なんでこんなたいへんなところに行くんだ、もっと簡単に行ける熱海でいいんじゃないか、と子ども心につらく思っていた。

しかし、山を越えたりいろんな電車を乗り継いだりしなくては行けないアクセスの悪いところには、特別なものが必ず秘められている。

土地に関係のある人、行こうと強く決めた人しか行けなかったあの頃の土肥は、きらきらした宝物のような場所だった。海にもぐればたくさんの魚やイカや小さなサメさえすぐそこに見えたし、伊勢海老もアワビもいた。サンゴも生きていたし、ただ水に顔をつけるだけで、そこにはうるさいくらいの生き物がひしめきあっていた。

あの場所を体験できたことは、私の人生にとって大きなことだったと今では親に感謝している。

マウイのハナというところは、まさにそういう場所だった。

ついたのがすでに夕方だったので、真っ暗なくねくねの山道を数時間、ひたすら車に乗って行かなくてはいけなかった。飛行機から降りたばかりなので眠いし、あまりにも暗いし、ちょっと窓をあけるとおそろしいくらい緑くさい森の気配がせまってくるし、夢のような不思議な旅だった。

眠くならないように歌を歌ったり、窓を全開にしたり、休憩したりしながら、必死な感じで宿について、それぞれの部屋に入って、倒れ込むように寝た。

時差ぼけで変な時間に目を覚ましてしまい、水を飲みにふらふらとリビングに出ると、まさに朝陽が昇ってくるところだった。目の前は海だった。しかもホテルのビーチっぽい海ではない。単なる田舎の海。ただそこにある、すばらしいありのままの海。

いろいろな人が夜明けの海を散歩していた。

その散歩のしかたは、リゾートに来た人が雰囲気を味わうためにするのと、少し違っているように見えた。あ、海だ、とりあえず歩くか、そういう自然な感じ。

窓をあけると冷たい空気とともに、異様にまぶしい光が入ってきた。

一日がはじまることに、いろんな色をつけてしまった人間の気持ちとは関係なく自然は生きている、そういうふうに思った。

それは懐かしい伊豆の海の感じ。もう二度とは戻ってこないあの命がいっぱい含まれた海水の匂い。だれかが手を入れれば入れるほどなくなっていくあの秘密でいっぱいの気配。

もう時代が変わってしまい、伊豆のどこに行ってもあのような田舎くさい海はないし、あんなに生き物があふれている場所もない。それでも私の体の細胞のひとつひとつが、もうとっくに入れ替わってしまっておぼえていないはずなのに、大きな声でうったえていた。こんな感じを知ってるよ。懐かしいよ。
それは、同じような場所に行って同じ匂いをかがないと決してよみがえって
こない感覚だった。
私は、そこでまるで少女に戻ったように、懐かしく座った。
時間が戻っていき、私は子ども時代の世界の持っていた濃密な雰囲気の中に
身を休めた。そうだ、子どもの頃は、こんなふうに空気からエネルギーをとる
ことができたんだ、そういう感じを生々しく思い出した。

お洗濯とごはん

壮大に目の下に広がる美しい海の景色を見たり、滝つぼに満たされた冷たいきれいな水に足をひたしたり、ゆったりと揺れる椰子の葉の下でお昼寝したり、燃えるような夕陽に向かって車を走らせたり、海からのぼってくるすばらしい朝陽を見たりしていたはずだった。

いや、その全部がひたひたと心の中の水源に満ちていたからこそ、その中で日常を送った喜びがもっと激しく印象に残ったのだろう。

マウイ島にパイアという小さな町がある。

サーファーとヒッピーが多く住むところで、こぢんまりとしているがアートのお店やかわいいお店、各国の料理店などがたくさんあり、いつもにぎわっている。そしてそこにはとても有名な自然食スーパー、マナフーズがある。今回の旅でも楽しくて二回も行ってしまった。あらゆるオーガニックな食べ物と飲み物、化粧品、シャンプー、洗剤などがそろっていて、いるだけで楽しい。ヨガやボディワークのワークショップなどのお知らせをじっくりと読んでいると、自分がまるでここに住んでいて、いつも買い出しに来て、そういうのにいつでも参加できるような幸せな錯覚をした。

おいしいものが好きな私たち一行は、ハナからキヘイのコンドミニアムに移動して、キッチン付きコンドミニアムになったとたんにそこに寄って、エビとかピザとか野菜とか白身魚を買った。選んでいる最中もすでに楽しかった。チビがあれもこれも食べたいと言って、できるかぎりそれに応えてあげて、魚中心のおいしそうなメニューを考えた。

帰りにコンドミニアムの中にあるスーパーに寄って、ビールもたくさん買った。

マウイの地ビールはいろいろな理由があってなぜか缶ビールなんだけれど、ヴァイツェンもアンバーもものすごくおいしいし、缶もかわいい。

部屋に帰って、冷やしておくべきものを冷蔵庫に入れて、私と、いっしょに旅をしていたじゅんちゃんはお洗濯をしにいった。ホテルの廊下を洗濯ものが入った袋を持ってちんたらと歩いて、洗濯機がある場所に行って、空いているのを確認して、全員分の洗濯ものをごっちゃに突っ込んで、もらってきた専用コインと洗剤を入れて、あとは洗い終わるのを待って、乾燥機に移すだけ。

部屋に戻って、ビールを飲みながら、洗濯が終わるのを待ちながら、お誕生日が近いお友だちたちにカードを描いた。

そのカードは、私が昼にマカワオという小さな町のギャラリーで買ってきた、地元のアーティストのものだった。それぞれにどのカードが似合うかをふたりで選んだ。

チビにイラストを描くのを手伝ってもらったり、とちゅうでいろんなことをおしゃべりして脱線したりして、とにかくゆっくりと描いた。そうしている間にもだんだん夕暮れは夜へと向かっていき、一日の終わりが見えてきた。

今日見たきれいな景色や昨日までの思い出で胸をいっぱいにしたままで、なんとなくそれぞれが担当を分けながら、いっしょに晩ごはんを作り始めた。

前菜はエビのガーリックオイル炒め、サラダと、ズッキーニのチーズ焼き、えびせんべい、ポテトチップス、オーガニックの冷凍ピザ。

メインは白身魚のソテー、オレンジソース風。

それを作ったり食べたりしながら、途中で乾燥機に洗濯ものを取りにいった。チビもはりきって手伝いに行っていた。みんなの衣類はきれいになってふっくらと温まってもどってきて、お腹もいい感じにいっぱいになり、みんなで旅の写真をｉＰａｄに入れたものをスライドショーで眺めて、思い出を語り合った。


それは旅の中でしている、生活ごっこにすぎないのだろう。

いつもの日常で時間に追われながらしている洗濯や食事作りとは全然違う。

昼間のいっぱいの経験が時間のふくらみを豊かにしているから、それが旅の間だけだとわかっているからこそ、あらゆる行動が意味を持ち始めるのだ。

　でも、そういう経験が、味気なくなりがちな東京での毎日に少しずつしみこむような気がして、私はやっぱり一週間以上の旅なら、コンドミニアム派だ。夕方きれいな服に着替えてディナーに行くのもすてきだけれど、それは数回で充分。今しか住めないその場所で、仮の日常を送ることが、なぜかすごい景色に匹敵する思い出になるから。

あの日の傘

ヒロの雨はとても優しい雨だと思う。

しっとりとふりそそぎ、街をすっぽり覆う感じがする。

観光であわてている心が急に日常に戻る。

とても地味な街を静かに雨が包んでいく。

木々が濡れて、人々も濡れて、海にも雨が降っている。立ち並ぶバニヤンツリーがどんどんつやを増していく。

あの感じをどこかで知っている。昭和の日本だ。いつから東京の雨はあんなに無味乾燥になってしまったんだろう。雨はもともと豊かな情緒をたたえていたのに。ただ急いでいたら、雨はじゃまものにしかならない。

二回目くらいに行ったとき、傘を持っていなかった私に、ふたりのだいじな友だちが走ってスーパーに行って、でっかい折りたたみ傘を買ってきてくれた。その重くて不便な傘はなんだかあたたかく感じられて、日本でもずっと使っていた。みんなその大きさにぎょっとしてどこで買ったの?と聞くけど、私はその傘をさすたびにあの日、雨の中走って行ったあの友だちを思い出して気持ちが少し晴れる。

日本に大きな地震があって、放射性物質が大気中にもれだしていて、絶対に外になんか出ないほうがいいという状況だったのに、その日、私はチビといっしょに外出した。お米が買い占めで売ってなかったので、近所のお兄さんたちにおにぎりの差し入れをすることにしたのだ。そういう用事だと、目標もはっきりしているし、時間も短いからいいと思った。

学校が休みになっていたので、エネルギーの余っているチビが家にこもっているのももう限界だった。マスクをして、レインコートを着て、帰ってきたら全てを拭き掃除する覚悟で、私とチビは出かけた。

外に人はほとんどいなかった。まるで昭和の街並みみたいに。

雨の中、チビとしっかり手をつないでいた。もう私たちはこの街にいられなくなるのかな？そういう危険もある時期だった。私たちはどうなっていくのかな。こわいね、そういう話をしながら。

その懐かしい傘をさして、近所のお店でお昼ご飯を食べた。

いつもいそがしく携帯を見て、なんとなく行き場がなくていらいらしている東京の人たちが、みんなとても優しい顔で友だちや恋人とご飯を食べていた。

いつ会えるかわからない、だから会えて嬉しい、そういう気持ちがにじみ出ていた。いつもすごく混んでいる店はちょうどよく空《す》いていて、お店の人も心なしかゆったりしていた。

なんだかみんな、目が覚めたみたいに見えた。

あんなことがないと目が覚めないなんて、なんていう時代だろう。

そうも思ったけれど、人々の優しい顔と雨を見ていると、心はゆるんだ。

雨に思い切り濡れたり、晴れた日にきもちよく洗濯物を干して乾いたいい匂いの布に顔を埋《う》めたり、きらきらした緑の中を歩いて深い深呼吸をしたり、草に寝転んで体をごろごろ転がしたり、そのへんに生えている食べられる草をつんでおいしいサラダにしたり、もぐってウニを捕ってきてかちわって食べたり…それは私たちが持っている最上の喜び、神様の贈り物。

それができない、全てが汚染された日々を、今、私は過ごしている。

そんなこと間違ってる、でも歴史は前にしか進んでいかない。昔に戻って素朴に暮らすなんてできない。ＰＣがないと遠い友だちに連絡もとれない。飛行機がないとハワイにも行けない。

理想論を掲げず、ひとつひとつ対策をして、毎日をこつこつと注意して生きて、精一杯に。

そして人類は後ろを振り向かず、未来にはよきものを築くしかない。

それしかできることはないけれど、困難は多く、希望を失いそうなとき私は思い出す。

あの日、お店から、しっとり濡れるヒロの街みたいだった東京の街をゆっくり眺めたこと。久しぶりに外に出て、どんなに危険な雨でも雨を見るのが嬉しかったこと。人々の顔がとても美しかったこと。

それだけが希望だから。

天国

ちほちゃんがもしかして八月いっぱいでオアフを離れるかもしれないと聞いて、とにかくその前に行かなくちゃ、と思った。ちほちゃんはこれからもハワイに関わりを持つだろうし、ハワイで会うことだってあるだろうと思う。でも、住んでいるちほちゃんに会えるのはもしかしたら今だけかもしれない、そう思ったから。

だれかがそこに住んでいると、旅はとても幸せなものになる。

運転してもらえるからとか、地元の案内をしてくれるからとか、そんなつまらない理由じゃない。住んでいる人の気持ちで街を歩ける幸せを分けてもらえるからだ。

このあいだ近所の町下北沢に、少し遠くに住んでいる知人が遊びにきてくれた。

どんなところに行きたい？と聞いたら、私がふだん行かない感じのお店を答えたので、いっしょになってそういう雑貨屋さんをめぐった。雨が降っていたし荷物も重かったし子連れだったけれど、彼女の目を通して見る下北沢は奇妙に新鮮だった。そして自分が思ったよりもずっと決まりきった毎日を送っていることに驚いた。順番や行く先を少し変えるだけで、町にとっての新しい旅人といっしょにいるだけで、全てが少しずれて新しい風景が見えてくる。

かわりに私はなじみの雰囲気を伝えることができる。住んでいる私と歩けば、はずれはないし安全だという気持ち。旅人も住人も、お互いが幸せになるあの感じ。

その旅は、ちほちゃんが住んでいるあいだになんとか行こう、その日程ならオアフに行けるかも、と言ったのんちゃんと、木曜日の夜待ち合わせて日曜の夜に帰ってくるという強行軍だった。

ただひたすら疲れるだけなんじゃ、と思っていたのにそれはそれはもりだくさんでハッピーな旅だった。

さっきまで雨のじめじめした東京にいたのに、ぐうぐう寝て起きたら、そこはもう光いっぱいの暑いオアフだった。あまりにもばたばたしてかけこんだせいか飛行機でよく寝たので、意外に時差ぼけも少なく、着いた日の午後にはもうのんちゃんおすすめの地元の人しか知らないアヒポキ（マグロの漬《づ》け）の店に行き、びっくりするほどの量のアヒポキやロミロミサーモンを買って、タンタラスの丘の上に散歩に行った。

タオルやシートを広げて、ちほちゃんと彼氏のミコとのんちゃんとうちのチビと私と五人で草の上に寝転がって、戦利品をつまみながら、きれいに輝く下界を見ていたら、全部が夢みたいに思えた。

ついさっきまで、私たちはじめじめとした雨の降る、梅雨の東京にいたのに、なんで今こんなきれいなところにいるのだろう？

そしてよく考えてみたら、急速に仲良くなったのんちゃんと、去年はこんなにいっしょにいなかった。言葉を交わすことさえも少ないくらいだったかもしれない。でも、今はいっしょにハワイにいる。

ミコはおおもとはポーランドの人だから、全てを超えていっしょにマグロを食べる確率なんてないに等しいはず。でも彼と私は日本語で楽しくしゃべって笑っている。

ちほちゃんは、あの日新宿二丁目の飲み屋で、もしもちほちゃんがご主人を亡くした苦しい思い出を初対面の私にいっしょうけんめい話してくれなかったら、仲良くならなかったはず。

そしてもっとつめて考えてしまうなら、私とチビって、どうやってめぐりあったの?

チビは私がお母さんになるのを知って、この世にやってきたの?

もし違う子だったら、こんなにも好きになれたのかな。前の彼氏との子どもだったとしたら、私はチビとこんなにくっついて寝転がっていたのかな?

いろんなことがあまりにも不思議すぎて、胸がしめつけられた。

前に対談をしたとき、江原啓之さんがおっしゃっていた。

「ハワイって、ほんとうに天国に似ているんですよ。あの風とか光の感じが。だからみんなハワイに行くと天国みたいって言うけど、ほんとうは逆で、天国がハワイみたいなんです。みんなどこかで天国をおぼえてるんです」

丘の上に吹く風は強くひんやりしていて、草の香りは陽に照らされてすがすがしく、雲の影が地上をゆっくり動いていた。

オアフだからビルもたくさん見えるけれど、どこを眺めても海と空と緑がいっぱいある。この世にいる短いあいだにひとときいっしょにいる私たちは、国籍も年齢も環境も超えて、五人の力を重ね合わせ、わかちあっていた。

大好き

恋は理屈ではない。

私がはじめてフラの教室に入ったとき、あまりにもなんにもできない私を見るに見かねてクムが「くりちゃん、ばななちゃんの前に立ってあげて」と言った。

その大きくてきれいでかわいくて静かなおじょうさんは「はい」と言って、私ににっこりと微笑みかけ、それからきれいなカホロのステップを私に見せるためにていねいに踏んでくれた。彼女は後にプナヘレ（大好きとか愛おしいとかお気に入りとかそういう意味です）というハワイアンネームをクムにいただいたけれど、そのときは「くりちゃん、くり先生」であった。彼女だってまだ若かったのだ。

　鳥のひながはじめて見た動くものを親だと思うみたいに、私はその瞬間から彼女の動きの全てに恋をした。それが、私のフラだと今は断言できる。

　運命の出会いだった。私の最も好きな顔つき、体つき、踊りの人が、その日たまたま私の前でフラの最初のステップを踏んでくれたのだ。

　もしもあのとき他の人が私の前に立っていたら、私は今どこにいるだろう。それはだれにもわからないけれど、たぶん私はもうフラを続けていないと思う。

　神様の選ぶ出会いは、いつでも選ぶことができないほど速攻なのだ。

　すばらしいダンサーをたくさん見た。みんなそれぞれのすごさがある。やめていった人を含めみんなの踊りのすばらしさが目に焼きついている。

　しかし私のいちばん近くにはプナヘレさんがいつもいた。

　ほんとうにすごいダンサーは人に見られることだけではなく、神に見られることに慣れている。その視線を受け止めることができるのだ。受け止めて、受け入れて、世界に光を返す。

私とプナヘレさんはちょっとしゃべるだけで満足してしまうので、ほとんど言葉を交わさない。メールのやりとりだってたまにしかしない。

私はペーペーだから、共にステージに立つことだってきっと一生ない。

それでも、伝わっているのがわかる。私が彼女をとても尊敬していること、そしてなににもかえられないくらいに愛して応援していること。私は彼女の後ろで、ほとんど毎週のように八年間も踊ってきた。だから、どんなに多くの言葉を交わすよりも、わかりあっている部分がある。

それを知ると、言葉なんてだいじなものではないと思うことがある。

だれかとこんなにも信頼しあったことがあるだろうか?と思う。

一回だけ、私が体調を崩し、しかもハワイの小説もみんな書き終え、あまりにもうまくならないし仕事は超忙しいしで「もしかしたら私はもうフラをやめて客席から応援したほうがいいんじゃないかな」と思ったことがある。

そしてそのことをほんの数行だけ「取材期間が終わってしまった、フラどうしよう」みたいな感じでサイトの日記に書いた。

そうしたら、プナヘレさんから短いメールが来た。

「これまでに数えきれない別れ、悲しみを体験してきました。ばななさんがオレンジのTシャツを着て踊っているのを見るのが大好きです」

ただそれだけの言葉の中に、どんなたくさんの思いがこめられているのか、こんなにだめな生徒なのに、どんなに愛してくれているのかが全部つまっていた。

やめるのは簡単だ。でも、やめたらもう私の唯一のクム、サンディーをクムと呼ぶことができない。あのすばらしい歌声と共に踊ることができない。もうプナヘレさんに習えない、あの美しい姿の後ろで踊れない。

だから私はフラに戻った。そしてそれから後のほうが、取材期間よりもずっとまじめに勉強しているような気がする。

なんで私たちは出会ったのだろう、この短い人生、小さな地球の上で。

きっと愛のために。

最近のプナヘレさんの踊りを見ていると、なにかが極まってもう一段階先に行こうとしているのを感じる。

私は作家だから頭でそういうことをとらえがちだけれど、そうではなく、体の力なのだ。心の感じることをプナヘレさんの筋肉のひとつひとつが忠実に表現しようとしてざわっとわきたつ瞬間がわかる。彼女が心で風や虹を描けば、そのイメージに向かって体じゅうの細胞がさりげなく、しかしひとつのかけらも残さずに動き始める。

その瞬間を見ると、自分の踊りが形だけのとても雑であることを思い知るけれど、全く悲しくない。私の体がその近くにいられることを喜んでいるのがわかるのだ。

体がこんなに賢いなんて、そして無限の可能性を秘めているなんて。そう思う。

私は目立たない小さな鳥みたいになって、ずっと彼女と踊っていたい、一日でも長く。

そう思うととても幸せでにこにこしてしまうのだった。

ハワイイにもらったもの

ハワイ、ほんとうはハワイイという名前のあの土地について、ときどき考える。

あのとき、はじめてハワイに行って、子どもをさずかったときから。いや、もっと前にさかのぼって、突然にクムフラ・サンディーのハーラウに突撃体当たり取材で入ったときから。これもまた突然に親友のちほちゃんがハワイで暮らし始めたときから。

運命は私をハワイに呼んでいたんだなあ、と。

四十を目前に、突然両想いになったのだ。ハワイと。

それまで私の中に眠っていたひとつの道、ひとつの歴史がそこで新たに解き放たれたのだ。

そしてそこからが肝心だった。一回一回、別の形で足を運ぶごとに、絆《きずな》は深まっていった。いいところだけを見るのではなく、いろんなところを見た。いやなところだって汚いところだっていやな人たちにだって会った。邪悪な土地もふきだまりも見た。

それでも、深まっていったのだ。あらゆる景色、あらゆる気候のあの島々と。

その旅はまだまだ続きそう。

すべてにゆっくり時間をかけるということがどんなに大切か、語り尽くせないくらいだ。


忘れもしない十九歳のとき、クムがまだロック歌手だった頃、後にクムフラになるサンディーさんの歌う「スティッキー・ミュージック」という曲を聴いたときに、ちっとも悲しい歌ではないのに涙が止まらなくなった。自分でもわからない、このものすごく美しい歌声で、細野晴臣さんの作ったすばらしい曲を歌うこの人のなにがこんなに懐かしいのか。英語の課題にこの曲を使ったりするほど好きだった。

バスの中で、前の晩にいろいろ録音しておいたウォークマンから、突然に彼女の声が私の頭の中に鳴り響いた瞬間を一生忘れない。

そのときに、なにかがつながったのだと思う。

そのあともずっとサンディー&ザ・サンセッツを聴いていたけれど、ライブに行ったことはなぜかなかった。友だちのライブでたまに客席にサンディーさんを見かけると、ドキドキしたものだ。

フラを始める直前、当時のボーイフレンドが働いていた自転車屋さんにサンディーさんがいらしたと聞いたとき、私は一瞬あせった。あのあせりのこともまたなんと呼んでいいかわからない。自分の体の中の止まっていた時計が急に秒をきざみはじめたみたいな感じだった。はやくしないと、今すぐなんとかしないと、そんな感じだった。

そしてハワイを書くと決まったとき、私はサンディーさんの元にまっすぐ走

ってい った。フラのあまりの下手さと動機のわからなさに動揺してはじめ疑っていたクムも、私の素直さバカさにすぐに心をひらいてくださった。ああ、このときのためにあのとき私は泣いたんだ、と私はやっと理解してすっきりした。

年齢を重ねるごとにクムの輝きは増していく。そしてなんだかわからないけれどクムが声を出すと音符がキラキラ出てくるのだ。じっと目を見ると人の心がなんでもわかっちゃう不思議な女性。どんなにもやもやした場でも、彼女がステージに立って一声出すと、不思議な魔法が動き出す。場がクリーンになる。あの奇跡をなんと呼んだらいいんだろう。

あの声と共に踊ることだけが私のフラなのだ。

私の第二の人生は、そんなふうにハワイから始まった。

おはなしもそろそろ最後、以上が私とハワイの物語だ。

取材だから、取材が終わったから、さよなら。この一曲だけやります、それだけやったら次の世界に行きます。

そんなふうな生き方を強いられるのが、今の時代の私たちだ。きっとクムは私もそんなふうにすぐ去っていくってはじめ思ったんだと思う。私だって、はじめはここまで自分ががんばるとは思わなかった。でも、のんびりするのもいいんじゃないかな、と思う。だって、どうせいつか去っていかなくちゃいけないんだもの、この世から。ありふれた毎日の中で、いつもの人たちと踊って、歳《とし》を重ねていく。ゆっくり知り合って、いろんな時期を経験する。みんなと、そしてハワイと。いろんなところに行って、前に進んで、これが終わったら次はこれ、はい、サクサクいって、でないと自分の人生が実現できないよ～！ そんな声を吹き飛ばして、私たちを今この時にいさせてくれる。それがハワイの風、永遠かと思うくらい続くビーチ、くりかえす波。

私は縁がないから、知り合いがいないから、いつか新婚旅行で行くから、一生一度の思い出にしたいから…そんなこと言わないで、もしも行ってみたいなら、チケットを買って、翌朝にはあの島にいよう。やってみたら、案外かんたんなこと。それが冴えなくても雨でもついてなくても、きっと、その人だけのハワイがそこから始まるのだ。

あとがき

このエッセイ集は、私がじわじわとハワイに通いながら、フラを踊りながら、ちょっとずつ書いたものです。読み返してみると、なにか大きなものに包まれているのを感じます。

「ハワイイ」という大きな、強く美しいなにかに。

どんな人がたずねても、それぞれに見合った楽園を見せてくれる…そんな懐の深いあの場所に、私は今も恋をし続けています。

そしてほんとうは昔、日本もそんな場所だったのでは?と思います。

島国で、人々の気が良く、南北に長く、それぞれ気候が違い、景色や名産品も違い、いろんな顔があって、なによりもすてきな神様がいてきっとみんなを包んでいてくれる。

ハワイに恋するように、日本にも恋をしなおしたいな、と今、私はしみじみ思っています。

みんなもハワイに恋をしながら、日本ともう一回恋をしましょう。

そんなことができる贅沢な時代に、私たちはいます。

このエッセイ集に出てくるだいじな人たちみんなに心から感謝します。

私を泣かせ、笑わせ、はげましてくれる友人たち、家族、ハーラウのオハナたち。

いてくれてありがとうございます。

ＭＩＳＳの現編集長、河田さん。この連載をあたたかく見守ってくださり、ありがとうございました。一緒に馬に乗ったクアロアランチの思い出、とっても大切です。

撮影の旅に来てくれた私の事務所の井野愛実さん、そして私の息子よ、ありがとう。おかげでこの本の思い出がいっそうぎゅっと幸せなものになりました。

写真を撮ってくれた、そしてそのだんじりな運転でハワイのいろんなすてきなところにぶんぶん連れて行ってくれた親友の潮千穂ちゃん、ほんとうにありがとう。

千穂ちゃんの写真を見ると、世界に恋していた幼い頃の自分を思い出します。世界もきっと私に恋をしてくれているから、両想いだね、幸せだね。千穂ちゃんは、そういう気持ちになるとても珍しい写真を撮れる人です。

私の文章に奥の深いところで的確な写真をいつも撮ってくれる、その才能の確かさにずっと包まれて、幸せな連載でした。

みんなも人生に恋をしましょう。一回しかないのですから。

そしてそれを忘れそうなとき、ハワイはいつでもそこにいてくれます。

飛行機に乗って、飛んで会いに行こう。

二〇一二年二月　よしもとばなな

文庫版あとがき

表紙の写真を撮りに行ったとき、千穂ちゃんがカメラを持って迷いなく水に入っていって写真を撮る美しい姿が今でも心に残っています。

その光景は私の心の中のいちばん大切な宝箱の中で、たくさんの宝たちと共に今でも燦然《さんぜん》と輝いています。

まだ子どもが小さくて、私は今よりもほんとうにいっしょうけんめいフラを学んでいた…そんな時期のエッセイです。

文庫化にあたり、尽力してくださった幻冬舎の壺井円さん、ありがとうございます。

へなちょこな私と全く違うしっかりものの円さんが、ふっと風のように伝えてくれるすばらしい感想はいつも私を励ましてくれます。

ずっと手伝ってくれる吉本ばなな事務所のみなさんにも、ありがとう。

潮千穂さん、すばらしい写真とたくさんの思い出をありがとう。

いつでも大好きすぎて失神しそうなくらいの大久保伸子さん、全部をふんわりとかつしっかりと包んでくれるすてきなデザインをありがとう！

必死でハワイにかじりついていったけれど、ハワイは常に優しかった。より大きかった。果てしなく強かった。

みなさんにとってもそんなハワイが待っていてくれますように！

この本の中にあるのは「私のハワイ」ですが、みなさんにとってそれぞれのハワイがいつも美しく輝いていますように。

ALOHA, MAHALO！

二〇一五年初夏　　吉本ばなな

本文デザイン　大久保伸子
本文写真　潮千穂

この作品は二〇一二年五月世界文化社より刊行されたものです。

幻冬舎文庫

●好評既刊
Q健康って？
よしもとばなな

著者が、人生を変えられたのはなぜなのか？　信頼できる身体のプロフェッショナルたちとの対話を通じ、健康の正体と極意を探る。心身から底力がわき、生きることに不自由を感じなくなる一冊。

●好評既刊
Q人生って？
よしもとばなな

「こんな世の中で、子どもをまっすぐに育てるにはどうしたらいいと思いますか？」。恋や仕事や子育てにまつわる31の疑問に答えた著者の言葉が心をのびやかにする。日常がガラッと変わる人生論。

●好評既刊
日々の考え
よしもとばなな

遠くの電線にとまっている鳩をパチンコで撃ち落とす強烈な姉との抱腹絶倒の日々――。ユニークな友人と過ごす日常での発見。読めば元気がわいてくる。本音と本気で綴った爆笑リアルライフ。

●好評既刊
人生の旅をゆく
よしもとばなな

人を愛すること、他の生命に寄り添うこと、毎日を人生の旅として生きること。作家の独自の経験を鮮やかに紡ぎ出す各篇。胸を熱くし、心を丈夫にする著者のエッセイ集最高傑作、ついに文庫化。

●好評既刊
バナタイム
よしもとばなな

強大なエネルギーを感じたプロポーズの瞬間から、新しい生命が宿るまで。人生のターニングポイントを迎えながら学んだこと発見したこと。幸福の兆しの大切さを伝える名エッセイ集。

ゆめみるハワイ

よしもとばなな

平成27年8月5日　初版発行

発行人――石原正康
編集人――袖山満一子
発行所――株式会社幻冬舎
〒151-0051東京都渋谷区千駄ヶ谷4-9-7
電話　03(5411)6222(営業)
　　　03(5411)6211(編集)
　　振替00120-8-767643
印刷・製本―中央精版印刷株式会社
装丁者――高橋雅之

幻冬舎文庫

ISBN978-4-344-42384-8　C0195　　よ-2-23

幻冬舎ホームページアドレス　http://www.gentosha.co.jp/
この本に関するご意見・ご感想をメールでお寄せいただく場合は、
comment@gentosha.co.jpまで。

ハナウマベイ　p92

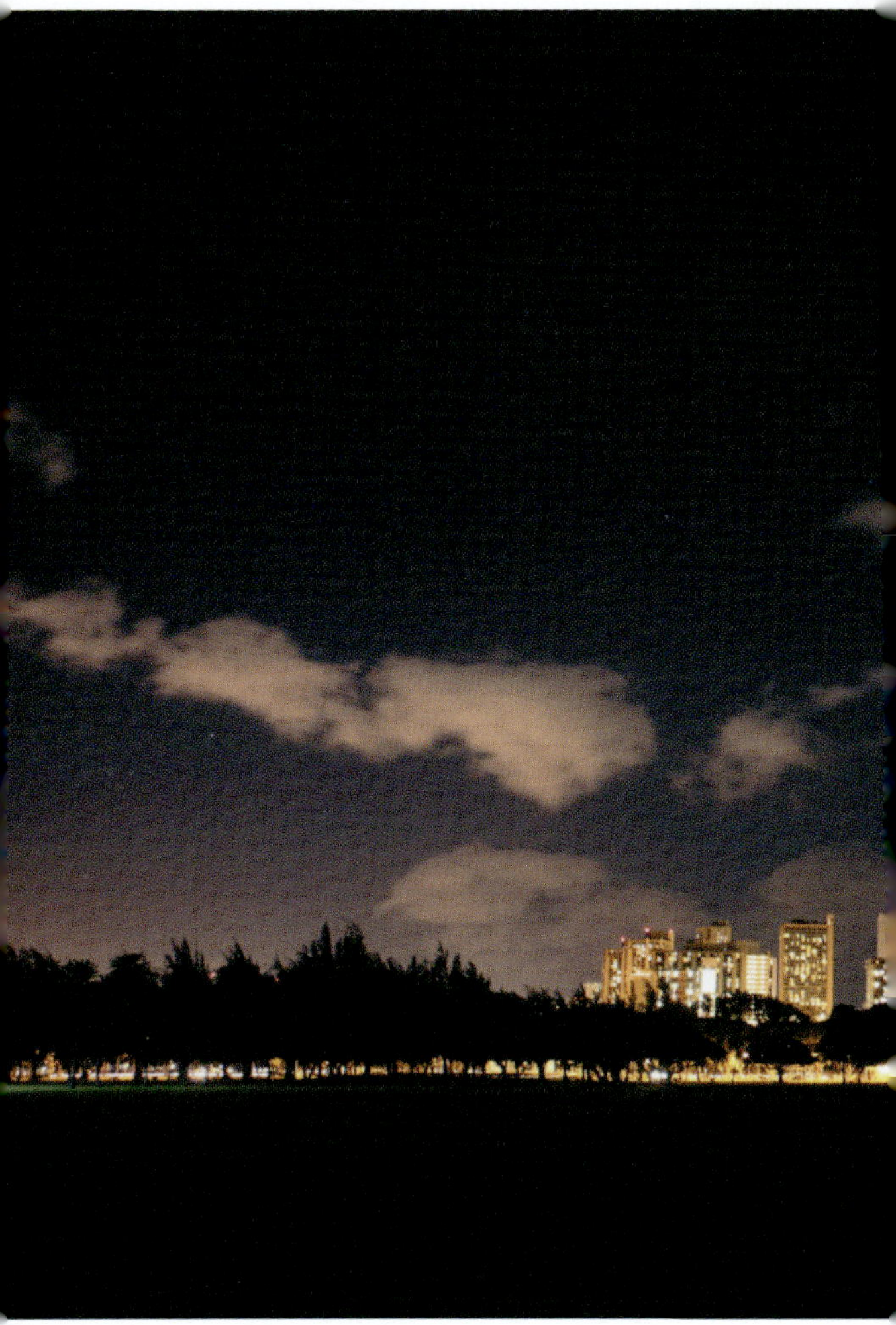

カピオラニパークを抜けて　p97

ハナ　p102

お洗濯とごはん　p107

あの日の傘　p112

天国　p117

大好き　p122

ハワイイにもらったもの　p128